輕鬆學文言

第四冊

哈哈星球 譯注

陳偉 繪

4

商務印書館

責任編輯　馮孟琦
裝幀設計　涂　慧　趙穎珊
排　　版　高向明
責任校對　趙會明
印　　務　龍寶祺

輕鬆學文言（第四冊）

譯　　注　哈哈星球
繪　　圖　陳　偉
出　　版　商務印書館（香港）有限公司
香港筲箕灣耀興道 3 號東滙廣場 8 樓
http://www.commercialpress.com.hk
發　　行　香港聯合書刊物流有限公司
香港新界荃灣德士古道 220-248 號荃灣工業中心 16 樓
印　　刷　中華商務彩色印刷有限公司
香港新界大埔汀麗路 36 號中華商務印刷大廈
版　　次　2023 年 7 月第 1 版第 1 次印刷
© 2023 商務印書館（香港）有限公司
ISBN 978 962 07 4665 9
Printed in Hong Kong

原著為《有意思的古文課》
哈哈星球 / 譯注，陳偉 / 繪
本書由二十一世紀出版社集團有限公司授權出版

版權所有，不得翻印。

目　錄

注：帶📖的文章為香港教育局中國語文課程的文言文建議篇章。

晉靈公不君

左丘明　《左傳》

姓名	左丘明
別稱	魯君子
出生地	魯國都君莊（今山東省肥城市）
生卒年	約公元前 5 世紀

議政能手

魯國史官，積極參政，深得魯侯器重

禮儀導師

重視禮教，批判失禮，強調禮義融合

謙謙君子

作品與人都「文質彬彬」，被孔子尊為「君子」

春秋筆法，另一種可靠

初讀《左傳》，你是在讀歷史；重讀《左傳》，你是在讀文學。

梁啟超説，它是「兩千年前最寶貴之史料」；錢穆説，我們要讀古史，應拿它「作為研究的一個基準」；朱自清則説它「不僅是史學的權威，也是文學的權威」。

它是沉睡了千年的文本。王室的衰微更迭，諸侯爭霸的血雨腥風，普通人的爾虞我詐，勾勒出一幅世間眾生相。它也是先秦敘事散文之最。良劣、善惡、美醜，在這裏被釐清邊界，「春秋筆法」從側面印證了人性的飄忽不定。

三言兩語，即見是非曲直；秉筆直書，微言深藏大義。原來字詞的選用、語句的築建、材料的取捨、褒貶的明暗更能泄露筆者的心聲，而這聲音比起「中心思想」，似乎更加可靠。

❶ 晉靈公**不君**：**厚斂**(liǎn)以**雕牆**；從台上彈人，而觀其辟丸也；宰夫胹(ér)  熊蹯(fán)不熟，殺之，**寘**(zhì)諸**畚**(běn) ，使婦人載以過朝。趙盾、士季見其手，問其故，而患  之。將諫，士季曰：「諫而不入，則莫之繼也。會請先，不入，則子繼之。」

不君：無道，有失為君之道。　**厚斂**：厚賦，大肆搜刮百姓。

雕牆：這裏指修築豪華宮室，過着奢侈的生活。雕：刻畫，繪飾。

寘：同「置」，放置。　**畚**：用蒲草編織的盛物工具。

❶

晉靈公不行為君之道：以加重徵收賦稅的辦法來繪飾宮室垣牆；從台上用彈弓射人，以觀看羣臣躲避彈丸取樂；廚師燉熊掌沒有熟透，就把他殺掉，將屍體放在畚箕中，令宮女揹着走過朝廷。趙盾、士季見到畚箕中露出的手，問明緣由後，很為此事擔憂。（他們）準備進諫，士季說：「（如果同時）進諫而不被採納，那麼就沒有誰能夠繼續勸諫了。請讓我先行（進諫），（若）不被採納，您再繼續進諫。」

日益精進

覲禮

諸侯朝見天子，稱為「覲」。春天覲見叫「朝」（cháo），秋天覲見叫「覲」。覲禮規定，天子不得下堂見諸侯，下堂而見諸侯則天子失禮。

三進及溜(liù)，而後視之，曰：「吾知所過矣，將改之。」稽首而對曰：「人誰無過，過而能改，善莫大焉！《詩》曰：『**靡**(mǐ)不有初，**鮮**(xiǎn)**克**有終。』夫如是，則能補過者鮮(xiǎn)矣。君能有終，則社稷之固也，豈惟羣臣賴之。又曰：『**袞**(gǔn)職有闕(quē)，惟仲山甫補之。』能補過也。君能補過，**袞不廢**矣。」

三進及溜：始進為入門，再進為由門入庭，三進為升階當溜。溜，屋檐下滴水的地方，指屋檐下。　**靡：**沒有誰。　**鮮：**少。　**克：**能。　**袞：**天子之服，此指周宣王。
袞不廢：雙關語，表面意思是袞服可以不被廢棄，實際意思是君位可以保全。

士季向前走了三次，行了三次禮，到了殿堂的屋檐下，晉靈公才不得不看着他，說：「我知道自己的過錯了，（我）準備改掉它。」（士季）叩頭回答說：「誰能沒有過錯，錯而能改，就沒有比這再好的了！《詩經》上說：沒有誰是沒個（好的）開頭的，但卻很少人能夠有（好的）結局。』正因為這樣，所以能補過的人就很少。君王能（堅持到）有好的結局，那我們的國家就有了保障，豈止是羣臣有了依賴。（《詩經》裏）又說：『周宣王有了過錯，只有仲山甫能及時彌補。』這說的是彌補過錯的事。君王能彌補過錯，袞服就可以不被廢棄了。」

日益精進

社稷

社，土地神；稷，五穀神。社稷就是土地神和穀神的總稱。古時君主為了祈求國事太平、五穀豐登，每年都要到郊外祭祀土地神和五穀神，就是祭社稷。後來「社稷」就被用來借指國家。

② 猶不改。**宣子驟**諫，公患之，使**鉏麑**(chú ní)賊

之。晨往，寢門辟矣，盛服將朝。尚早，坐而**假寐**

。麑退，歎而言曰：「不忘恭敬，民之主也。賊民之主，不忠；棄君之命，不信。**有一於此**，不如死也。」觸槐(huái)而死。

宣子：指趙盾。 **驟：**屢次。 **鉏麑：**晉國的大力士。 **假寐：**不解衣冠而睡。
有一於此：不忠、不信二項有一項。

(晉靈公)依然不改。趙盾屢次進諫，晉靈公對他很是討厭，就派鉏麑去刺殺他。(鉏麑)凌晨去(趙家)，(趙盾)寢室的門開着，(趙盾)穿着整齊的朝服，準備上朝。時間尚早，(趙盾)端坐在那裏打瞌睡。鉏麑退到一旁，暗自歎道：「不忘(對國君)恭敬，這是百姓的領袖。刺殺百姓的領袖，這是不忠；背棄國君的命令，這是失信。不忠與失信，(我)總佔有一樣，(我)不如死去。」(於是鉏麑)頭撞槐樹而死。

日益精進

卿、大夫

指西周、春秋時國王及諸侯所分封的臣屬。卿、大夫要服從君命，擔任重要官職，輔助國君統治，並有納貢賦與服役的義務。

③ 秋九月，晉侯**飲**(yìn)趙盾酒，**伏甲**，將攻之。其**右**提彌明知之，**趨登**，曰：「臣侍君宴，過三爵，非禮也。」遂扶以下。公**嗾**(sǒu)夫**獒**(áo)焉，明搏而殺之。盾曰：「棄人用犬，雖猛何為！」鬥且出。提彌明死之。

飲：宴請，以酒食款待。　**伏甲：**埋伏了甲士。　**右：**車右，又稱驂乘，與主人同乘一輛車、擔任侍衛的士兵，車右一般由勇力過人者擔任。　**趨登：**快步走上堂去。　**嗾：**喚狗的聲音，這裏是動詞，發出喚狗的聲音。　**獒：**猛犬。

3

秋九月，晉靈公請趙盾喝酒，預先埋伏下甲士，準備殺趙盾。趙盾的車右提彌明發覺了，快步走上堂去，說：「臣子侍奉國君飲酒，超過三杯就是違背禮節。」（說完）便扶着趙盾下了殿堂。晉靈公喚出猛犬，提彌明（與猛犬）搏鬥，並打死了牠。趙盾說：「不用人而用犬，（犬）雖兇猛又有何用！」一路且鬥且退。提彌明為他而戰死。

日益精進

古人乘車

古人乘車以左方為尊，尊者在左，御者在中，另有一人在右陪乘，稱「車右」。兵車則不同，主帥居中，自掌旗鼓，御者在左，另有一人在右保護主帥，也叫「車右」。

4 初，宣子**田**於首山，**舍**(shè)於翳(yì)桑，見靈輒餓，問其病。曰：「不食三日矣。」食之，捨其半。問之，曰：「**宦**三年矣，未知母之存否，今近焉，請以遺之。」使盡之，而為之**簞**(dān)食與肉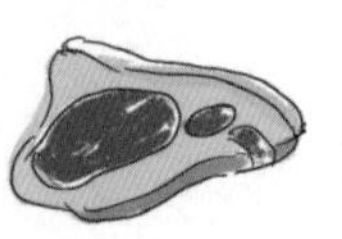，寘諸**橐**(tuó)以與之。

田：同「畋」，打獵。　**舍：**住宿，休息。　**宦：**做貴族的僕隸。　**簞：**盛飯的圓筐。
橐：一種盛物的袋子。

4

從前，趙盾曾到首山打獵，在翳桑休息時，見到一個叫靈輒的人餓得厲害，(趙盾) 問他得了甚麼病。(他) 說：「(我) 已經三天沒吃飯了。」(趙盾) 拿了食物給他吃，(他) 把食物留下一半。(趙盾) 問他 (為何這樣)，(他) 說：「(我) 出來當貴族的僕隸已經三年了，不知老母是否還健在，現在離家不遠了，請讓我把這些食物留給老母吃。」(趙盾) 讓他全都吃掉，另外又為他準備了一小筐飯和肉，將它們放在布袋裏交給靈輒。

日益精進

田獵

又稱狩 (shòu) 獵，俗稱打獵。在原始社會，打獵是人們謀生的手段。隨着原始社會的瓦解，生產力不斷提高，田獵從謀生手段演變成了統治階級享樂的活動，也是統治者練兵習武的方式。

既而與為公介，**倒戟**(jǐ)以禦公徒，而免之。問何故。對曰：「翳桑之餓人也。」問其名居，不告而退。遂自亡也。

倒戟：倒戈。

(靈輒)後來做了晉靈公的甲士，他將戟倒轉用來抵禦靈公手下的伏兵，使(趙盾)免於大難。(趙盾)問(他)為何這樣(做)。他回答説：「(我是)翳桑的餓人。」(趙盾又)問他的姓名、住處，他沒有回答就退出去了。(趙盾)於是自己逃走了。

日益精進

倒戈

戰場中掉轉武器向自己這一方攻擊，就是倒戈。商朝紂王實施暴政，壓迫各諸侯國。在周武王的帶領下，八百諸侯決定一起討伐商朝，雙方在牧野展開了戰爭。七十萬商軍士兵大部分是奴隸和俘虜，他們在戰場上紛紛倒戈，配合周軍一起攻打商軍，被稱為「奴隸倒戈」。

5

乙丑，趙穿攻靈公於桃園。宣子未出山而復。大史書曰：「趙盾弒其君。」以示於朝。宣子曰：「不然。」對曰：「子為正卿，亡不越竟，反不討**賊**，非子而誰？」宣子曰：「嗚呼！《詩》曰：『我之懷矣，自**詒**伊**戚**。』其我之謂矣！」孔子曰：「董狐，古之良史也，**書法**  不隱。趙宣子，古之良大夫也，為法受惡。惜也，越**竟**乃免。」

賊：指趙穿。　**詒：**同「貽」，給。　**戚：**悲慼。
書法：記史的原則，下文的「法」就是「書法」的省略。　**竟：**同「境」。

⑤

這月乙丑日，趙穿在桃園殺了晉靈公。趙盾還未走出晉國山界就又返回朝廷。史官（董狐）記道：「趙盾殺了國君。」並將這個拿到朝廷上公佈。趙盾說：「（事實）不是這樣。」董狐說：「你身為執政大臣，出逃卻沒走出國境，回來也不討伐逆賊，不是你（弒君）又是誰？」趙盾說：「哎呀，《詩經》裏說：『我太懷念故國，反而給自己帶來悲感。』這說的大概就是我吧！」孔子說：「董狐，是古代的好史官，他以不曲意隱諱作為記史的原則。趙盾是古代的好大夫，為了堅持記史的原則而蒙受弒君的惡名。太可惜了，他如果走出國境，就可以免去這個惡名。」

日益精進

弒與殺的區別

二詞釋義不同：殺，使人或動物失去生命；弒，特指臣殺死君主，或子女殺死父母。二詞感情色彩也不同：殺是中性詞；弒則含貶義，是大逆不道的殺人行為。

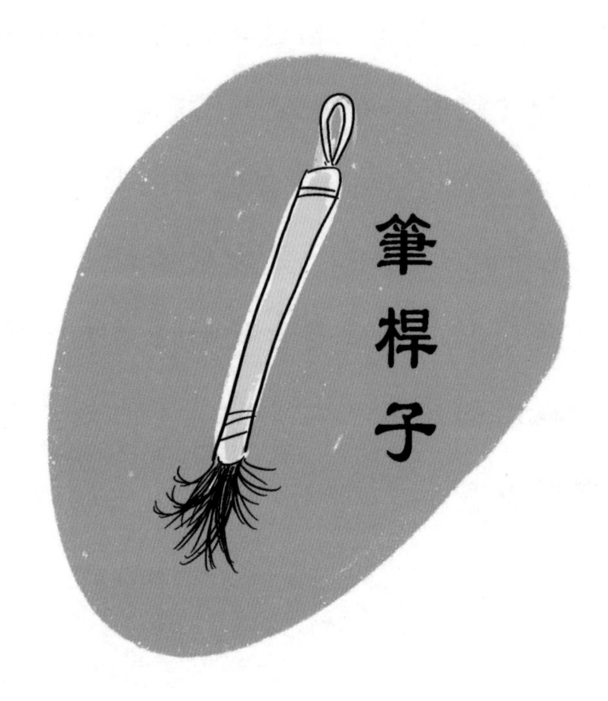

普通話朗讀

鄭伯克段於鄢

左丘明　《左傳》

姓名　左丘明

別稱　魯君子

出生地　魯國都君莊（今山東省肥城市）

生卒年　約公元前 5 世紀

文學大咖

《左傳》秉筆直書，是我國古代文學與史學完美結合的典範

偉大編輯

雙目失明，仍苦修《國語》

低調學霸

學識淵博，精通天文、地理、文學、歷史

只想做一個被寵溺的孩子

《左傳》開篇第一文，就是一場大戲。兄弟反目，母子互撕，放到今天也絕對驚心動魄。

都説鄭莊公陰狠，故意縱容弟弟，逼其露出野心，有人提醒應把這罪惡扼殺於萌芽，可莊公自有打算。讓你得到，讓你期待，讓你毀滅，二十二年捧殺局，最終幫他完成了逆襲，只不過皇冠沾滿了手足的血，刀鋒刺向了母親的心。

可誰又能替他過一遍孤獨的童年？出生便是原罪。他寧願讓渡這至高無上的權力，換回被母愛呵護的一刻。

隧道相見，沒有比這更完美的結局。不知在此後的歲月裏，他是否還會心有餘悸？午夜夢回，往事浮現，他不過只想做一個被寵溺的孩子。

❶ **初**，**鄭武公**娶於**申**，曰**武姜**，生莊公及**共**(gōng)**叔段**。莊公**寤**(wù)**生**，**驚**姜氏，故名曰「寤(wù)生」，**遂惡之**。愛共叔段，欲立之。**亟**(qì)請於武公，公弗許。

初：當初，這是回溯往事時的說法。　**鄭武公**：姬姓，名掘突。　**申**：申國，姜姓。
武姜：鄭武公之妻。　**共叔段**：鄭莊公的弟弟，名段；兄弟之中年歲小，因此稱「叔段」。段後來逃到共地，故稱「共叔段」。　**寤生**：難產，指胎兒倒着生出來。寤，同「牾」，逆，倒着。　**驚**：使動用法，使姜氏驚。　**遂惡之**：因此厭惡他。惡，厭惡。之，指鄭莊公。
亟：屢次。

1

當初，鄭武公娶了申國的女子，名叫武姜，（她）生下莊公和共叔段。莊公是難產生的，使武姜受到了驚嚇，所以取名叫「寤生」，（姜氏）因此很厭惡他。（武姜）偏愛共叔段，想立共叔段為太子。（她）多次向武公請求，武公都不答應。

日益精進

伯、仲、叔、季

周朝貴族男子字的前面，會加伯、仲、叔、季表示排序。伯排老大，仲為第二，叔是第三，季最小。字的後面加「父」（fǔ）或「甫」（fǔ）字表示性別。這些構成了男子字的全稱，如仲尼父。

2

及莊公即位，為之請**制**。公曰：「制，**巖**(yì)**邑**也，虢(guó)叔死焉。**佗**(tā)邑**唯命**。」請京，使居之，謂之京城**大**(tài)叔。

制：地名，又名虎牢關。　**巖邑：**險要的城邑。　**佗：**同「他」。
唯命：只聽從您的命令，唯命是從。　**大：**同「太」。

2

到莊公即位的時候，（武姜）為共叔段請求將「制」這個地方作為（共叔段的）封地。莊公說：「『制』是個險要的地方，虢叔就死在那裏。其他的地方（都）聽從您的命令。」（武姜）便請求（把）京邑（封給共叔段），莊公讓共叔段住在那裏，稱他為京城太叔。

日益精進

分封制

周朝時，周王室把土地劃分給諸侯，授予他們管理土地和人民的權力。諸侯具有較大的獨立性，但需要向周王進貢，並服從周王調兵的命令。

3 **祭**(zhài)**仲**曰：「都城過百**雉**(zhì)，國之害也。先王之制：大都，不過**參**(sān)**國之一**；中，五之一；小，九之一。今京**不度**，非制也，君將不堪。」

祭仲：鄭國的大夫。　**雉：**古代城牆長三丈高一丈為一雉。
參國之一：國都城牆的三分之一。參，同「三」。　**不度：**不合法度。

3

祭仲對莊公說：「（分封的）都城，如果城牆超過三百丈，那就會成為國家的禍害。先王的制度規定：（大）都市城牆，不能超過國都的三分之一，中等的不得超過它的五分之一，小的不能超過它的九分之一。現在京邑的城牆不合規定，違反了制度，您會受不了的。」

日益精進

雉（zhì）

本義是一種鳥，俗稱野雞，因不善飛，故後人按牠的飛行能力所估算的空間作為計算城牆面積的單位，高一丈長三丈為一雉。

公曰：「姜氏欲之，**焉辟**(bì)**害**？」對曰：「姜氏何厭之有！不如早為之所，無使**滋**(zī)**蔓**(màn)

！蔓，難圖也。蔓草猶不可除，況君之寵弟乎？」公曰：「多行不義，必自**斃**

，子姑待之。」

焉辟害：哪裏能逃避禍害。辟，同「避」，逃避。　**滋蔓**：滋生蔓延。
斃：倒仆、跌跤，此指失敗。

莊公説：「姜氏要這樣，（我）怎能躲開這種禍害呢？」祭仲回答説：「姜氏哪有滿足的時候！還不如早些給他安排個處所，別讓（禍根）滋長蔓延。（禍根）一旦滋長蔓延就難辦了。蔓延開來的野草尚且難以鏟除乾淨，更何況是您那受寵的弟弟呢？」莊公説：「不道德的事情做多了，（他）自己必定會失敗，你姑且等着瞧吧。」

日益精進

周朝女性的姓名

周朝貴族有姓氏，女子稱姓，男子稱氏。女子的姓比名更為重要，死後要在姓上冠以配偶或本人的謚（shì）號。如本文中的武姜，是姜姓，嫁於鄭武公為妻，因鄭武公謚號是武，故稱「武姜」。

4 **既而**大叔命西**鄙**（bǐ）、北鄙貳於己。公子呂曰：「國不堪**貳**（èr），君將若之何？欲**與**（yǔ）大叔，臣請事之；若弗與，則請除之。無生民心。」公曰：「無庸，將**自及**。」大叔又**收貳以為己邑**，至於廩（lǐn）延。

既而：不久。 **鄙：**邊境，此指邊境地區。 **貳：**不專一，此指同時聽命於莊公和太叔。
與：給予，指把君位讓給太叔。 **自及：**自己遭殃。
收貳以為己：把兩個地方收為自己的領邑。貳，指上述兩屬之邑，即西鄙、北鄙。

4

過了不久，太叔段命令西部和北部邊境既聽莊公的命令，又聽自己的命令。公子呂說：「國家不能忍受這種兩面聽命的情況，現在您打算怎麼辦？您如果打算把鄭國交給太叔，那麼我就去侍奉他；如果不給，那麼就請除掉他。不要讓百姓們產生疑慮。」莊公說：「用不着這樣，他會自食其果的。」太叔又收取原來兩面聽命的地方作為自己的封邑，一直擴展到廩延。

日益精進

邑

商周時代的邑，泛指所有居民點。奴隸主居住的邑為邑，四野農夫居住的邑為小邑，凡是有宗廟、君王統治者的邑稱為都。

子封曰：「可矣。**厚將得眾**。」公曰：「**不義** **不暱**，厚將崩（bēng）。」

⑤ 大叔**完**，**聚**，**繕**甲兵，**具**卒乘，將**襲**鄭，夫人將**啟**之。

厚將得眾：勢力雄厚，得到更多的民心。　**不義**：不義於君。

不暱：不親於兄。昵，同「昵」，親。　**完**：修繕城郭。　**聚**：屯聚糧草。　**繕**：修補。

具：備足。　**襲**：偷襲。　**啟**：開啟城門。

公子呂說：「可以（行動）了。勢力雄厚了，他將得到更多的民心。」莊公說：「對君王不義，對兄長不親，勢力雄厚，反而會垮台。」

5

太叔修繕城郭，儲備糧草，修整盔甲武器，備足兵馬戰車，準備偷襲鄭國。武姜打算開城門（做內應）。

日益精進

干支紀年

干支紀年萌芽於西漢，通行於東漢以後，以天干和地支組成 60 個干支紀年，每個週期的第一年為「甲子」，第二年為「乙丑」，依此類推，60 年一個週期。但用天干和地支搭配紀日的方式起源於夏朝。

公聞其期，曰：「可矣！」命**子封**帥車二百乘以伐京。**京**叛大叔段，段入於鄢，公伐諸鄢。五月辛丑，大叔**出奔** gōng **共**。

子封：即公子呂。 京：此指京邑人。 出奔共：出逃到共國避難。出奔，逃亡。

莊公打聽到太叔段起兵的日期，說：「可以（出擊）了！」命令公子呂率領兵車二百輛，去討伐京邑。京邑的人民反對太叔段，於是太叔段逃到鄢地。莊公又追到鄢地討伐他。五月辛丑日，太叔段亡逃到共國。

日益精進

車馬

戰國以前，車馬是相連的。一般地說，沒有無馬的車，也沒有無車的馬，御車就是御馬，乘馬就是乘車。古代駕二馬為駢（pián），駕三馬為驂（cān），駕四馬為駟（sì）。

6

書曰：「鄭伯克段於鄢。」段**不弟**，故不言弟；**如二君，故曰克**；稱鄭伯，譏失教也。謂之**鄭志**。**不言出奔，難之也**。

不弟：不像兄弟，不守弟道。所以《春秋》不稱段為莊公之弟。

如二君，故曰克：這裏指段與莊公的對立，如同兩個國君。莊公取勝，所以用「克」字。

鄭志：鄭莊公的意願。這裏指陰謀。

不言出奔，難之也：不說「出奔」，是史官下筆為難之處。「出奔」是有罪之辭。段出奔共國，有罪，莊公有意養成段之罪，也有罪。以上說明經文何以這樣記述，即所謂的「春秋筆法」。

6

《春秋》記載道：「鄭伯克段於鄢。」共叔段不遵守做弟弟的本分，所以不用「弟」字；兄弟倆如同兩個國君一樣（爭鬥），所以用「克」字；稱莊公為「鄭伯」，是譏諷他對弟弟有失教導。《春秋》這樣記載就表明了鄭莊公的本意。不寫「出奔」，是史官下筆有為難之處。

日益精進

春秋筆法

源自《春秋》，屬一種史書的寫作手法。作者將褒貶的評判態度藏於曲折的文筆之中，微言大義，表達委婉而規矩，但背後的立場十分鮮明。

⑦ 遂**寘**(zhì)姜氏於城潁(yǐng)，而誓之曰：「不及黃泉，無相見也。」既而悔之。潁考叔為潁谷**封人**，聞之，有獻於公，公賜之食，**食捨肉**。公問之，對曰：「小人有母，皆嘗小人之食矣，未嘗君之**羹**(gēng)，請以**遺**(wèi)之。」

公曰：「爾有母遺，**繄**(yī)我獨無！」

寘：同「置」，放置。　**封人：**管理、鎮守邊疆的地方官。

食捨肉：潁考叔吃肉時留下肉不吃。捨，置，指吃肉時將肉放到一邊。

羹：帶汁的肉。　**遺：**贈送。　**繄：**發聲詞，無義，可譯為「咳」等語氣詞。

（莊公）就把武姜安置在城潁，並且發誓說：「不到黃泉，不再見面。」過了些時候，（莊公）又後悔了。有個叫潁考叔的人，是管理潁谷疆界的官吏，聽到這件事，就獻了一些東西給莊公。莊公賜給他飯食，（潁考叔）吃飯的時候把肉留着不吃。莊公問他，（潁考叔）答道：「我有母親，我吃的東西她都嘗過，只是從未嘗過君王的肉羹，請讓我帶回去送給她吃。」莊公說：「你有個母親可以孝敬，咳，唯獨我沒有！」

日益精進

黃泉

古時指人死後所居住的地方。黃泉的叫法與古時土葬有關。中原地區的人挖掘墓穴，偶然挖出混合了黃土的水，如黃泉一般，因此以「黃泉」代指人死後住的地下世界。

潁考叔曰：「**敢**問何謂也？」公語（yù）之故，且告之悔。對曰：「君何患焉？若**闕**（jué）地及泉，隧而相見，其誰曰不然？」公從之。公入而**賦**：「大隧之中，其樂也**融融**！」姜出而賦：「大隧之外，其樂也**泄泄**（yì）！」遂為母子如初。

敢：表敬副詞，冒昧。　**闕**：同「掘」，挖。　**賦**：賦詩。　**融融**：和樂的樣子。
泄泄：和好歡樂的樣子。

潁考叔說：「請問您這是甚麼意思？」莊公把原因告訴了他，還告訴他（自己）後悔的心情。潁考叔答：「您擔心甚麼呢？只要挖地挖出了泉水，開一條地道在裏面相見，誰還會說您不對呢？」莊公聽從了他的話。莊公走進地道賦詩說：「在大隧之中（相見），多麼快樂啊！」武姜走出地道，賦詩說：「在大隧之外（相見），多麼歡樂啊！」從此，他們母子像從前一樣了。

日益精進

賦

古代文體，起於戰國，盛於兩漢。賦最早出現於諸子散文中，魏晉以後，賦向駢文方向發展。賦講究文采，側重借景抒情，且必須押韻，這是它區別於其他文體的重要特徵。

8

君子曰：「潁考叔，純孝也，愛其母，**施**(yì)及莊公。《詩》曰：『孝子不**匱**(kuì)，永**錫**(cì)

爾**類**。』其是之謂乎！」

施：延及，擴展到。 **匱：**竭盡。 **錫：**同「賜」，給予。 **類：**同類的人。

君子說：「潁考叔的孝心是純正的，他（不僅）孝順自己的母親，（而且）把這種孝心推廣到莊公身上。《詩》說：『孝子的孝心沒有窮盡，永遠能教化同類。』說的就是這樣的情況吧！」

日益精進

《左傳》的「君子曰」

指左丘明對某一事件或人物的評論。這一手法被後代很多經學家、史學家、文學家沿用，《史記》有「太史公曰」，《聊齋志異》有「異史氏曰」。

普通話朗讀

燭之武退秦師

左丘明　《左傳》

姓名　左丘明

別稱　魯君子

出生地　魯國郡君莊（今山東省肥城市）

生卒年　約公元前 5 世紀

史學開山鼻祖 👍👍👍👍👍

《左傳》為中國第一部敍述完備的編年體史書
《國語》為中國第一部國別體史書

特約評論員 👍👍👍👍

開「君子曰」欄目，用議論昇華史實

孔子後援會會長 👍👍👍

與孔子同時代，志趣相投，支持孔子從政

重出江湖，相見不晚

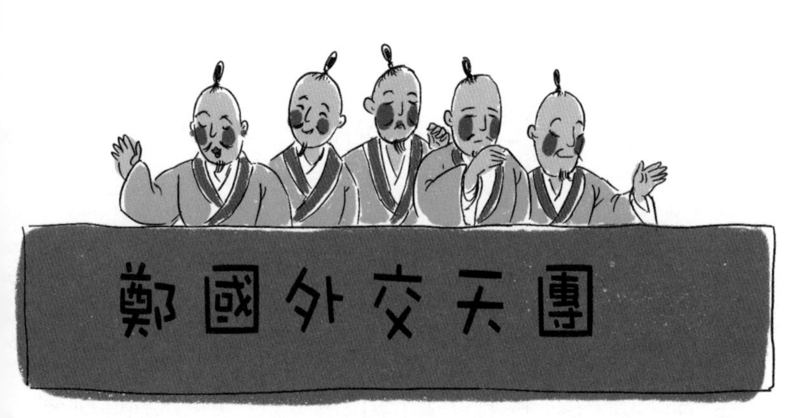

一場戰爭沒打起來，卻成就了一位老人。

那一年，燭之武已垂垂老矣。他做了一輩子養馬官，終於等來機會，蜷縮在草筐裏，順繩而下，潛入一個危機四伏的營壘。夜深人靜，他悄悄走近秦君，三言兩語，步步為營，天還未亮，一場殺戮戛然而止。

難道沒有別的原因促成了這場握手言和？

如果有，一定是鄭文公能屈能伸，溫暖了老人的心；一定是秦穆公懸崖勒馬，及時喚醒王者的智慧、大國的體面；一定是話要講、理要辯，各人抓住表達自己的機會，用彼此聽得懂的方式去交流……

以及，一定是他們心底對和平的渴望。如果只剩這最後一個答案，那它一定是人類羣星閃耀的光源。

❶ 晉侯、秦伯圍鄭，以其**無禮於晉**，且**貳**

於楚也。**晉軍**  **函陵**，秦軍氾南。

❷ **佚之狐**（yì）言於鄭伯曰：「國危矣，若使燭之武見秦君，師必退。」公從之。

無禮於晉：指晉文公早年出亡經過鄭國時，鄭國沒有以應有的禮遇對待他。

貳於楚：指鄭國依附於晉的同時又親附於楚。貳，從屬二主。

晉軍函陵：晉軍駐紮在函陵。軍，名詞用作動詞，駐紮。　**佚之狐：**鄭國大夫。

1

晉文公和秦穆公圍攻鄭國，因為鄭國曾對晉文公無禮，並且在依附於晉的同時又親附於楚。晉軍駐紮在函陵，秦軍駐紮在氾水的南面。

2

佚之狐對鄭文公說：「國家危險了，如果派燭之武去見秦穆公，秦國的軍隊一定會撤退。」鄭文公同意了。

日益精進

侯、伯

侯、伯都是先秦的爵位，西周、春秋時代最普遍的爵稱是侯，西周時代稱伯的多為小國之君。舊說周朝封爵，有公、侯、伯、子、男，子、男同等，所以共四等。

辭曰：「臣之**壯**也，**猶**不如人；今老矣，**無能為也已**。」公曰：「吾不能早用子，今急而求子，是寡人之過也。然鄭亡，子亦有不利焉。」**許**之。

辭：推辭。　**壯：**壯年。古時男子三十為「壯」。　**猶：**尚且。
無能為也已：不能幹甚麼了。也已，語氣助詞，表示確定。　**許：**答應。

(燭之武) 推辭說:「我年輕的時候,尚且不如別人;現在老了,也不能幹甚麼了。」鄭文公說:「我沒有及早重用您,現在(因為) 情況危急才求您,這是我的過錯。然而鄭國滅亡了,對您也不利啊。」(燭之武) 就答應了這件事。

日益精進

晉文公

晉獻公之子,名重耳。因晉獻公立幼子奚齊為太子,重耳遭到迫害,在外逃亡十九年,後由秦國發兵護送回晉。

③ 夜**縋**(zhuì)  而出，見秦伯，曰：「秦、晉圍鄭，鄭既知亡矣。若亡鄭而有益於君，**敢以煩執事**。**越國以鄙**(bǐ)**遠**，君知其難也。**焉用亡鄭以陪鄰** 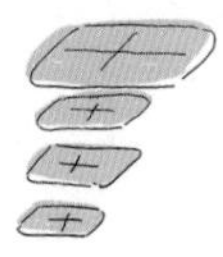 ？**鄰之厚** 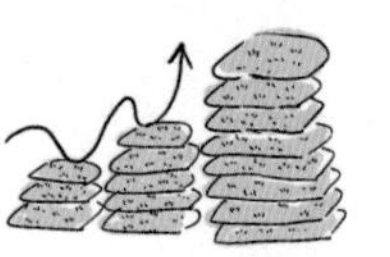 ，**君之薄**(bó)**也**。

縋：用繩子拴着人（或物）從上往下送。　**敢以煩執事：**冒昧地用（亡鄭這件事）麻煩您。敢，自言冒昧的謙辭。執事，辦事的官員，代指對方（秦穆公），表示恭敬。

越國以鄙遠：越過別國而把遠地當作邊邑。鄙，邊邑，這裏用作動詞。

焉用亡鄭以陪鄰：哪裏用得着滅掉鄭國而給鄰國增加土地呢？陪，增加。鄰，鄰國，指晉國。　**鄰之厚，君之薄也：**鄰國的勢力雄厚了，您秦國的勢力（就）相對削弱了。

3

在夜晚，（有人）用繩子拴着（燭之武）從城樓放下去，見到秦穆公，（燭之武）說：「秦、晉兩國圍攻鄭國，鄭國已經知道要滅亡了。假如滅掉鄭國對您有好處，（我怎敢）冒昧地拿這件事情來麻煩您。（然而）越過別國而把遠方的鄭國作為（秦國東部的）邊邑，您知道這是困難的。哪裏用得着滅掉鄭國而給鄰國增加土地呢？鄰國的勢力雄厚了，您秦國的勢力（也就）相對削弱了。

日益精進

執事

古代侍從左右供使令的人，也指舉行典禮時擔任專職的人。

若捨鄭以為東道主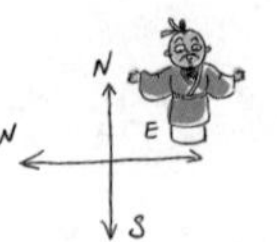

，**行李**之往來，**共**(gōng)**其乏困**，君亦無所害。且君**嘗為晉君賜矣**，許君焦、瑕，**朝濟****而夕設版焉**，君之所知也。夫晉，何**厭**之有？

若捨鄭以為東道主：如果（您）放棄（圍攻）鄭國而把它作為東方道路上（招待過客）的主人。　**行李：**外交使者。　**共其乏困：**供給他們缺少的資糧。共，同「供」，供給。**嘗為晉君賜矣：**曾經給予晉君恩惠。為，給予。賜，恩惠。這裏指秦穆公曾派兵護送晉惠公回國的事。　**朝濟而夕設版焉：**指晉惠公早上渡過黃河回國，晚上就修築防禦工事。濟，渡河。設版，修築防禦工事。版，指版築的工事。　**厭：**滿足。

如果（您）放棄（圍攻）鄭國而把它當作東方道路上（招待過客）的主人，外交使者來來往往，（鄭國可以隨時）供給他們缺少的資糧，對您也沒有甚麼害處。而且您曾經給予晉君恩惠，（他曾經）答應給您焦、瑕這兩個地方，（然而惠公）早上渡過黃河回國，晚上就在那裏修築防禦工事，這是您所知道的。晉國怎麼會有滿足的時候呢？

日益精進

東道主

古代，客人由西來，則稱主人為「東道主」；客人由南來，則稱主人為「北道主」。後以「東道主」泛指宴請款待賓客的主人。

既東**封**鄭，又欲**肆**其西封，若不**闕**(quē)秦，**將焉取之**？闕秦以利晉，**唯君圖之**。」秦伯說(yuè)，與鄭人盟。使杞(qǐ)子、逢(páng)孫、楊孫戍(shù)之，乃還。

封：疆界，這裏用作動詞。　**肆：**延伸、擴張。　**闕：**侵損、削減。

將焉取之：將從哪裏取得它所貪求的土地呢？焉，從哪裏。

唯君圖之：希望您考慮這件事。唯，表示希望、祈請。之，指「闕秦以利晉」這件事。

在東邊使鄭國成為它的邊境之後，（它）又想要向西擴大邊界，如果不使秦國土地減少，它將從哪裏去奪取所貪求的土地呢？（是否要）削弱秦國來使晉國得利，希望您考慮這件事。」秦穆公非常高興，就與鄭國簽訂了盟約。派遣杞子、逢孫、楊孫戍守鄭國，就回國了。

日益精進

盟

西周、春秋時期，天子、諸侯、大夫之間為了鞏固貴族內部關係，會相互結盟。會盟時一般要殺牲，飲牲畜的血，宣讀盟書，對天發誓。國家遇急難時，諸侯間也會臨時約定會見舉行盟禮，共同約定互相援助。

④ 子犯請擊之。公曰：「不可。微**夫人之力不及此。因**

人之力而敝

之，不仁；失其所與**，不知**（zhì）**；以亂易整，不武。吾其還也。」**亦去之。

微夫人之力不及此：沒有那個人的力量，我是到不了這個地位的。晉文公曾在外流亡十九年，得到秦穆公的幫助才回到晉國做了國君。微，沒有。夫人，那人，指秦穆公。**因人之力而敝之，不仁：**依靠別人的力量，又反過來損害他，這是不仁義的。因，依靠。敝，損害。　**失其所與，不知：**失掉自己的同盟者，這是不明智的。與，結交、同盟。知，同「智」。　**以亂易整，不武：**用混亂相攻取代和諧一致，這是不符合武德的。武，指使用武力時所應遵守的道義準則。　**吾其還也：**我們還是回去吧。其，表示祈使。

4

晉國大夫子犯請求出兵攻打秦軍。晉文公說：「不行。如不是秦國國君的力量，我到不了今天這個地位。依靠別人的力量，又反過來損害他，這是不仁義的；失掉自己的同盟者，這是不明智的；用混亂相攻取代和諧一致，是不符合武德的。我們還是回去吧。」晉軍也就離開了鄭國。

日益精進

編年體

史書的體例之一，以年代為線索，按年月日先後順序來記述史實。《左傳》《資治通鑑》等便是編年體史書。

一個人就夠了……

普通話朗讀

鴻門宴

司馬遷　《史記》

姓名	司馬遷
別稱	字子長
出生地	夏陽（今陝西省韓城市） 另說龍門（今山西省河津市）
生卒年	公元前 145 年 / 公元前 135 年—不可考

史學天才

《史記》為中國第一部紀傳體通史，「二十四史」之首

文學大咖

魯迅讚《史記》「史家之絕唱，無韻之《離騷》」

旅遊達人

二十歲開始周遊天下，結交豪傑

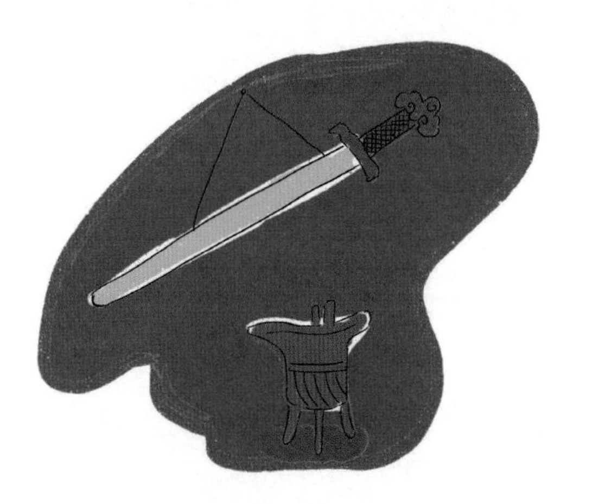

太史公，孤獨而偉大的背影

總有這樣一種人，能超越命運的打壓，憑一己之力改變了後續千百年的規則。他們的存在是歷史的巨大幸運，司馬遷就是其中一位。

沒有《史記》，真相將永遠塵封，英雄將永遠隱姓埋名，雜蕪的殘篇將永遠不會被匯聚成三千多年的歷史長河，河流褶皺裏的人將永遠不會被打撈出來，塑成雕像。今天的我們也將永遠不會相信，一個人真正的成熟，是可以為了完成自己未竟的事業，卑賤地活着。

公允的筆、秉直的心，記錄了自上古到漢武的通史。這是空前的拯救，拯救了歷史的斷代，也拯救了司馬遷自己的屈辱。完稿一刻，他彷彿看到十歲誦讀的童真，二十遊學的瀟灑，三十西征的勇武，四十入獄的不甘，但一切都無愧於良心，即使再活一次，他也依然這般。

只是我們仍會心疼，太史公那孤獨而偉大的背影。

1 沛公軍霸上，未得與項羽相見。沛公左司馬曹無傷使人言於項羽曰：「沛公欲王(wàng)關中，使子嬰為相，珍寶盡有之。」項羽大怒，曰：「旦日饗(xiǎng)士卒，為擊破沛公軍！」當是時，項羽兵四十萬，在新豐鴻門；沛公兵十萬，在霸上。范增説(shuì)項羽曰：「沛公居山東時，貪於財貨，好美姬。

饗：用酒食款待賓客。這裏是「犒勞」的意思。

1

劉邦駐軍霸上，還沒有跟項羽見面。劉邦的左司馬曹無傷派人對項羽説：「劉邦打算在關中稱王，任命子嬰為相，珍寶全部佔有了。」項羽大怒説：「明天犒勞士兵，給我去打垮劉邦的軍隊！」在這時，項羽的軍隊有四十萬人，駐紮在新豐鴻門；劉邦的軍隊有十萬人，駐紮在霸上。范增勸説項羽道：「劉邦住在崤山以東時，貪戀財物，喜歡美女。

日益精進

司馬

官名，掌握與戰爭相關的事務。相傳商朝已經設置，春秋戰國時沿用，後來一些諸侯國還設置了左司馬和右司馬的職務，用來劃分在戰爭中的具體分工。

今入關，財物無所取，婦女無所**幸**，此其志不在小。吾令人**望其氣**，皆為龍虎，成五采，此天子氣也。急擊勿失！」

2 楚左尹項伯者，項羽季父也，素善留侯張良。張良是時從沛公，項伯乃夜馳之沛公軍，私見張良，具告以事，欲呼張良與俱去，曰：「毋從俱死也。」

幸：指君主寵愛女子。　**望其氣：**觀察他的雲氣（以預測吉凶窮達）。望氣是古代方士的一種占候之術，據說「真龍天子」所在的地方，天空中有一種異樣的祥雲，方士能夠看出來。

如今入了關，不掠奪財物，也不迷戀女色，(這樣看來) 他的志向不小。我叫人觀望他的雲氣，都是龍虎的形狀，呈現五彩的顏色，這是天子的雲氣呀。趕快攻打 (他)，不要失去機會！」

2

楚國的左尹項伯，是項羽的叔父，一向同留侯張良交好。張良這時正跟隨着劉邦，項伯就連夜騎馬跑到劉邦的軍營，私下會見張良，把事情詳細地告訴了他，想叫張良和他一起離開，說：「不要和 (劉邦) 他們一起死。」

張良曰：「臣為韓王送沛公，沛公今事有

急，亡去 　　不義，不可不**語**

。」良乃入，具告沛公。沛公大驚，

曰：「為之奈何？」張良曰：「誰為大王為

zōu　　　shuì

此計者？」曰：「**鯫生**　說我曰：『**距**

nà

關，毋**內**　諸侯，秦地可盡王

也。』故聽之。」良曰：「料 　大王士卒

dāng

足以當項王乎？」

語：告訴。　**鯫生：**淺陋無知的小人。鯫，淺陋、卑微。　**距：**同「拒」，據守。
內：同「納」，接納。

張良說：「我是韓王派給沛公的人，現在沛公遇到危急的事，逃走是不守信義的，不能不告訴他。」張良就進去，（把情況）詳細地告訴劉邦。劉邦大驚，說：「這件事該怎麼辦？」張良說：「是誰給大王出的這個計策？」（劉邦）回答說：「淺陋無知的小人勸我說：『把守住函谷關，不要讓諸侯進來，這樣就能占領秦國所有的土地而稱王了。』所以（我）聽信了他的話。」張良說：「大王估計我們的軍隊足以抵擋住項王嗎？」

日益精進

張良

秦末漢初傑出謀臣，西漢開國功臣，政治家，與韓信、蕭何並稱為「漢初三傑」。張良力勸劉邦在鴻門宴上卑辭求和，保存實力，並疏通項羽季父項伯，使得劉邦順利脫身。他憑藉出色的智謀，協助漢王劉邦贏得楚漢戰爭，建立漢朝。

沛公默然，曰：「固不如也。且為之奈何？」張良曰：「請往謂項伯，言沛公不敢背項王也。」沛公曰：「君安與項伯有故？」張良曰：「秦時與臣遊，項伯殺人，臣活之。今事有急，故幸來告良。」沛公曰：「孰與君少長？」良曰：「長於臣。」沛公曰：「君為我呼入，吾得兄事之。」

yāo
張良出，**要**項伯。項伯即入見沛公。

要：同「邀」，邀請。

劉邦沉默了（一會兒），説：「肯定不如了。那要怎麼辦呢？」張良説：「請您親自告訴項伯，説您不敢背叛項王。」劉邦説：「你怎麼和項伯有交情？」張良説：「在秦朝的時候，（項伯）和我有交往，項伯殺了人，我救了他。現在情況緊急，幸虧他來告訴我。」劉邦説：「他和你年齡誰大誰小？」張良説：「（他）比我大。」劉邦説：「你替我（把他）請進來，我得用對待兄長的禮節待他。」張良出去，邀請項伯。項伯隨即進來見劉邦。

日益精進

項伯

項羽的叔父。早年殺人，跟隨張良在下邳（pī）躲避。楚懷王繼位，擔任左尹。後跟隨項羽北上，進入關中。參加鴻門宴，保護劉邦。漢王朝建立後，賜姓劉氏，冊封為射陽侯。

zhī

沛公奉卮酒為壽，約為**婚姻**，曰：「吾入關，秋毫不敢有所近，**籍吏民**，封府庫，而待將軍。所以遣將守關者，備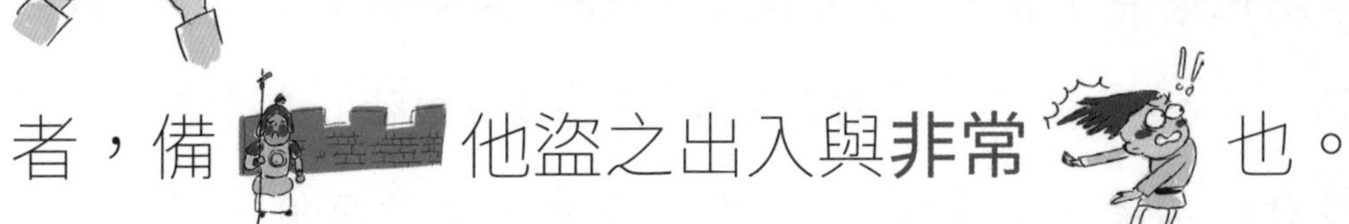他盜之出入與**非常**也。日夜望將軍至，豈敢反乎！願伯具言臣之不敢**倍德**也。」

婚姻：親家，指有婚姻關係的親戚。　**籍吏民：**造冊登記官吏、百姓。
非常：指意外的變故。　**倍德：**背棄恩德。倍，同「背」。

劉邦就奉上一杯酒，祝（項伯）健康，並（與他）約定為親家，說：「我進入關中，財物絲毫都不敢據為己有，造冊登記官吏、百姓，封閉了收藏財物的府庫，以等待將軍的到來。之所以派遣官兵去把守函谷關，是為了防備其他盜賊進來和意外的變故。（我）日日夜夜盼望着將軍的到來，怎麼敢反叛呢！希望您詳細地告訴項王，我不敢背棄項王的恩德。」

日益精進

古代酒器

樽，是古代酒器通稱，敞口、高頸、圈足，有動物紋飾；壺，長頸、大腹、圓足，不僅可盛酒，還可裝水；爵，用來溫酒，下有三足，可生火熱酒；卮，圓形酒器；觥，像一隻橫放的牛角，常被用作罰酒；杯，橢圓形，小杯為盞、盅。

婚姻

古代「婚姻」有兩個意思，一是結為夫妻，另一個是指結婚男女雙方的父母，婚是女方的父親，姻是男方的父親。婚姻對於女方來說，是「嫁女」或「嫁妹」，對於男方來說，是「娶妻」「娶婦」。

項伯許諾，謂沛公曰：「旦日不可不**蚤**（zǎo）自來**謝**項王。」沛公曰：「諾。」於是項伯復夜去，至軍中，具以沛公言報項王。因言曰：「沛公不先破關中，公豈敢入乎？今人有大功而擊之，不義也。不如因善**遇**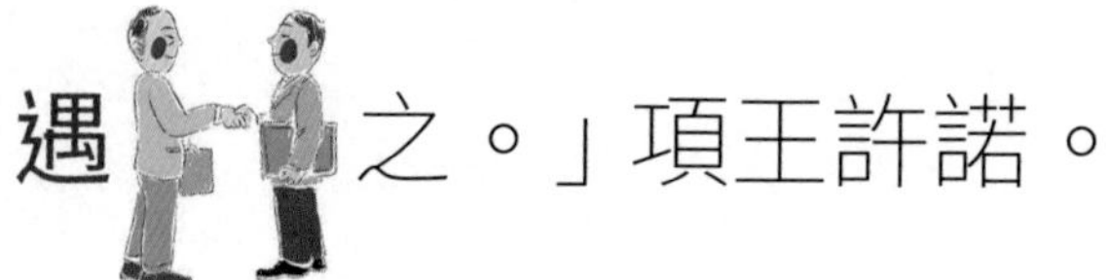之。」項王許諾。

蚤：同「早」。　**謝**：道歉。　**遇**：對待。

項伯答應了，跟劉邦說：「明天你不能不早些親自去向項王道歉。」劉邦說：「好。」於是項伯又連夜離開，回到軍營裏，詳細地把劉邦的話報告給項王。（項伯）趁機說：「沛公不先攻破關中，您怎麼敢進關來呢？現在人家有大功，卻要攻打他，這是不守信義。不如就趁機友好地對待他。」項王答應了。

日益精進

諾

秦漢時期人與人之間答應的聲音，表示同意。還有另一種應答，是「唯」。情況平和的時候用「諾」，情況緊急的時候用「唯」。

3 沛公旦日從百餘騎來見項王，至鴻門，謝曰：「臣與將軍戮力而攻秦，將軍戰河北，臣戰河南，然不自意能先入關破秦，得復見將軍於此。今者有小人之言，令將軍與臣有**郤**(xì)。」項王曰：「此沛公左司馬曹無傷言之。不然，**籍**何以至此？」項王即日因留沛公與飲。

郤：同「隙」，隔閡、嫌怨。　**籍**：指項羽，名籍。

3

劉邦第二天帶領一百多人馬來見項王，到達鴻門，向項王道歉說：「我和將軍合力攻打秦國，將軍在黃河以北作戰，我在黃河以南作戰，然而（我）自己沒有料想到能夠先入關，攻破秦國，能夠在這裏再看到將軍您。現在有小人的流言，使將軍和我有了隔閡。」項羽說：「這是沛公左司馬曹無傷說的。不然的話，我怎麼會這樣？」項王當天就留下劉邦，同他一起飲酒。

日益精進

將軍

一種武官，春秋時已有將軍稱號。戰國有大將軍，後來有左將軍、右將軍、前將軍、後將軍。漢代有驃騎將軍、車騎將軍、衛將軍，此外還有臨時設置的將軍。如對匈奴作戰，設置了祁連將軍；對大宛作戰，設置貳師將軍；等等。

項王、項伯東向坐；**亞父**南向坐，—— 亞父者，范增也；沛公北向坐；張良西向侍。

shuò
范增**數目**項王，舉所佩玉玦以示之者**三**，項王默然不應。范增起，出，召項莊，謂曰：「君王為人不忍。若入前為壽，壽畢，請以劍舞，因擊沛公於坐，殺之。不者，**若屬**

皆且為所虜！」莊則入為壽。

亞父：項羽對范增尊重的稱呼。意思是僅次於父親。亞，次、次於。　**數：**屢次，多次。**目：**遞眼色。　**三：**多次。　**若屬：**你們這些人。

項羽、項伯面向東坐；亞父面向南坐，——亞父這個人，就是范增；劉邦面向北坐；張良面向西陪坐。范增多次遞眼色給項王，舉起（他）所佩帶的玉玦向項王示意多次，項王沉默地沒有反應。范增站起來，出去召來項莊，對項莊說：「君王為人心地不狠。你進去上前敬酒，敬完酒，請求舞劍助興，趁機把劉邦擊倒在座位上，殺掉他。不然的話，你們這些人都將被他所俘虜！」項莊於是進去敬酒。

日益精進

「亞父」范增

范增，秦朝末年著名謀士、政治家。他早年跟隨項羽參加鉅鹿之戰，攻破關中，屢獻奇謀，被項羽尊為「亞父」。

壽畢，曰：「君王與沛公飲，軍中無以為樂，請以劍舞。」項王曰：「諾。」項莊拔劍起舞。項伯亦拔劍起舞，常以身**翼蔽**沛公，莊不得擊。

4 於是張良至軍門見樊噲（fán kuài）。樊噲曰：「今日之事何如？」良曰：「甚急！今者項莊拔劍舞，其意常在沛公也。」

翼蔽：遮護。

敬完酒，說：「大王和沛公飲酒，軍營裏沒有甚麼可以用來作為娛樂的，請讓我用舞劍（助興吧）。」項羽說：「好。」項莊就拔出劍舞起來。項伯也拔出劍舞起來，常常用自己的身體像鳥張開翅膀一樣遮護劉邦，項莊無法行刺。

這時張良到軍營門口找樊噲。樊噲問：「今天的事情怎麼樣？」張良說：「很危急！現在項莊拔劍起舞，他的意圖總是在沛公身上啊！」

日益精進

樊噲

西漢開國元勛，著名軍事統帥。出身寒微，以屠宰為業，驍勇善戰，深得劉邦信任，為其麾下最勇猛的戰將，頗有功勛。

噲曰：「此迫矣！臣請入，與之同命。」噲即帶劍擁盾入軍門。交戟之衞士欲止不內。樊噲側其盾以撞，衞士仆地。噲遂入，披帷西向立，**瞋目**視項王，頭髮上指，**目眥**(zì)盡裂。項王**按劍而跽**(jì)曰：「客何為者？」張良曰：「沛公之參乘(shèng)樊噲者也。」項王曰：「壯士！賜之卮酒。」

瞋目：瞪眼。 **目眥：**眼眶。 **按劍而跽：**握着劍，挺直身子。這是一種警備的姿勢。古人席地而坐，兩膝着地，要起身先得挺直上身。

樊噲說：「這太危急了！請讓我進去，跟他同生死。」於是樊噲立即拿着劍，持着盾牌，衝入軍門。持戟交叉守衛着軍門的衛士想阻止他進去。樊噲側着盾牌撞去，衛士跌倒在地上。樊噲就進去了，掀開帷帳朝西站着，瞪着眼睛看着項王，頭髮直豎起來，眼眶都裂開了。項王握着劍挺直身子問：「客人是幹甚麼的？」張良說：「（他是）沛公的參乘樊噲。」項王說：「壯士！賞他一杯酒。」

日益精進

戟

中國古代兵器。它將戈與矛合成一體，既能直刺，又能橫擊。早期為青銅製，戰國時開始有了鐵戟。

則與斗卮酒。噲拜謝，起，立而飲之。項王曰：「賜之**彘**(zhì)**肩**  。」則與一生彘肩。樊噲覆其盾於地，加彘肩上，拔劍切而**啖**(dàn)  之。項王曰：「壯士！能復飲乎  ？」樊噲曰：「臣死且不避，卮酒安足辭！夫秦王有虎狼之心，殺人如不能舉，刑人如恐不勝，天下皆叛之。懷王與諸將約曰：『先破秦入咸陽者  王之。』

彘肩：豬的前腿根部。　**啖**：吃。

（左右）就遞給他一大杯酒。樊噲拜謝後，起身，站着把酒喝了。項王又說：「賞他一條豬腿。」於是（左右）給了他一條生的豬前腿。樊噲把他的盾牌扣在地上，把豬的前腿放在盾上，拔出劍來切着吃。項王說：「壯士！還能喝酒嗎？」樊噲說：「我死都不怕，一杯酒有甚麼可推辭的！秦王有虎狼一樣的心腸，殺人像是怕不能殺盡，懲罰人像是怕不能用盡酷刑，所以天下人都背叛他。楚懷王曾和諸將約定：『先打敗秦軍進入咸陽的人，可以在關中稱王。』

日益精進

古代的肉食

古人以牛、羊、豬為三牲，牛最珍貴，只有統治階級吃得起，比較普遍的肉食是羊肉，所以「美」「饈」等字，從「羊」。古人也吃狗肉，並有以屠狗為職業的，本文中的樊噲就曾以屠狗為業。

今沛公先破秦入咸陽，毫毛不敢有所近，封閉宮室，還軍霸上，以待大王來。故遣將守關者，備他盜出入與非常也。勞苦而功高如此，未有封侯之賞，而聽**細說**，欲誅有功之人，此亡秦之續耳。**竊**為大王不取也！」項王未有以應，曰：「坐。」樊噲從良坐。坐須臾，沛公起如廁，因招樊噲出。

細說：小人的讒言。　**竊**：表示個人意見的謙辭。

現在沛公先打敗秦軍進了咸陽，一點兒東西都不敢據為己有，封閉了宮室，軍隊退回到霸上，等待大王到來。特意派遣將領把守函谷關的原因，是防備其他盜賊的進入和意外的變故。這樣勞苦功高，沒有得到封侯的賞賜，（您）反而聽信小人的讒言，想殺有功的人，這只是滅亡了的秦朝的後繼者罷了。我個人認為大王不應該採取這種做法。」項王沒有說話回答，說：「坐。」樊噲挨着張良坐下。坐了一會兒，劉邦起身上廁所，趁機把樊噲叫了出來。

日益精進

古代要去廁所怎麼說？

如廁，「如」在這是去往某處的意思，「如廁」的意思便是去廁所；行圊（qīng），「圊」是古代廁所的一個通俗叫法；登東，古代廁所多建在院子的東角，「登」有進的意思，「東」代指廁所；出恭，源於科舉考試，科舉考場有「出恭」「入敬」牌，士子如果要去上廁所必須領「出恭」牌，因此「出恭」也就成了上廁所的雅稱。

5 沛公已出，項王使都尉陳平召沛公。沛公曰：「今者出，未辭也，為之奈何？」樊噲曰：「大行不顧細謹，大禮不辭小**讓**。如今人方為刀俎（zǔ）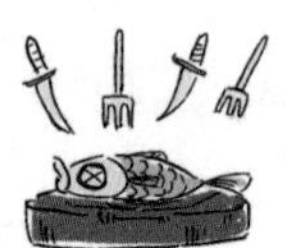，我為魚肉，**何辭為**？」於是遂去。乃令張良留謝。良問曰：「大王來何操？」曰：「我持白璧一雙，欲獻項王，玉斗一雙，欲與亞父。

讓：責備。　**何辭為：**何必告辭呢？為，語氣助詞，用於句末，表示反問。

劉邦出去後，項王派都尉陳平去叫劉邦。劉邦說：「現在（我）出來，還沒有告辭，這該怎麼辦？」樊噲說：「做大事不必顧及細枝末節，行大禮不須迴避小的責備。現在人家好比菜刀和砧板，我們則好比魚和肉，何必告辭呢？」於是決定離去。（劉邦離開前）就讓張良留下來道歉。張良問：「大王來時帶了甚麼（禮品）？」劉邦說：「我帶了一對玉璧，想獻給項王，一雙玉斗，想送給亞父。

日益精進

刀俎

刀和砧板，是宰割的工具。俎，古代祭祀時放祭品的器物，也指切肉或切菜時墊在下面的砧板。

會其怒，不敢獻。公為我獻之。」張良曰：「**謹諾** 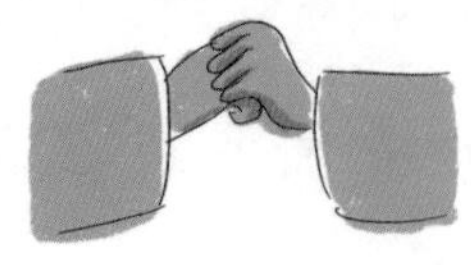 。」當是時，項王軍在鴻門下，沛公軍在霸上，相去四十里。沛公則置車騎，脫身獨騎，與樊噲、夏侯嬰、靳強、紀信等四人持劍盾步走，從酈山下，**道**芷(zhǐ)陽**間**(jiàn)**行**  。沛公謂張良曰：「從此道至吾軍，不過二十里耳。**度**(duó)我至軍中，公乃入。」

會：恰巧。　**謹諾：**敬語，表示應允、遵命。　**道：**取道。
間行：祕密地走。間，祕密地。　**度：**估計。

正碰上他們發怒，沒敢獻上。你替我把它們獻上吧。」張良說：「遵命。」這時候，項王的軍隊駐紮鴻門，劉邦的軍隊駐紮霸上，兩軍相距四十里。劉邦就留下車輛和隨從人馬，獨自騎馬脫身，讓樊噲、夏侯嬰、靳強、紀信四人拿着劍和盾牌徒步跟隨，從酈山腳下，取道芷陽，抄小路祕密逃走。劉邦對張良說：「從這條路到我們軍營，不過二十里罷了。估計我回到軍營裏，你再進去（辭謝）。」

日益精進

霸上

地名，即灞上，在今西安市東，是如今的白鹿原。

6 沛公已去，間至軍中。張良入謝，曰：「沛公不勝**杯杓**(sháo) ，不能辭。謹使臣良奉白璧一雙，**再拜**獻大王**足下**，玉斗一雙，再拜奉**大將軍**足下。」項王曰：「沛公安在？」良曰：「聞大王有意督過  之，脫身獨去，已至軍矣。」

杯杓：酒器，借指飲酒。　**再拜：**拜兩次，表示隆重與尊敬。
足下：古時的敬稱，指「您」。　**大將軍：**指范增。

劉邦已經離去，祕密地回到軍營裏。張良進去道歉，說：「沛公經受不起酒力，不能當面告辭。讓我奉上白璧一雙，敬獻給大王；玉斗一雙，敬獻給大將軍。」項王說：「沛公在哪裏？」張良說：「聽說大王有意要責備他，（沛公）脱身獨自離開，已經回到軍營了。」

日益精進

拜

古代敬辭，用於自己的行為動作涉及對方時。如「拜讀」，指閱讀對方的文章；「拜訪」，指訪問對方；「拜託」，指託對方辦事情；「拜望」，指探望對方。

項王則受璧，置之坐上。亞父受玉斗，置之地，拔劍撞而破之，曰：「唉！**豎子**不足與謀！奪項王天下者必沛公也。吾屬今為之虜矣！」

7 沛公至軍，立誅殺曹無傷。

豎子：罵人的話，相當於「小子」。

項王就接受了玉璧，把它放在座位上。亞父接過玉斗，放在地上，拔出劍來敲碎了它，說：「唉！這小子不值得和他共謀大業！奪走項王天下的一定是劉邦。我們這些人就要被他俘虜了！」

劉邦回到軍營，立即殺掉曹無傷。

日益精進

古代賤稱

與尊稱、謙稱相對的稱呼，表示對對方的輕慢、侮辱和斥罵，例如「賊」「豎子」「小子」「鯫生」「野夫」等。

普通話朗讀

廉頗藺相如列傳

司馬遷　《史記》

姓名　司馬遷

別稱　字子長

出生地　夏陽（今陜西省韓城市）

另説龍門（今山西省河津市）

生卒年　公元前 145 年 / 公元前 135 年—不可考

隱忍工匠 👍👍👍👍👍

受宮刑，發奮創作《史記》

西征將士 👍👍👍

曾奉旨西征，建設巴蜀

社會關係 👍👍👍

師從思想家董仲舒、孔子後人孔安國

它循着「人」的火光而來

一部史書，之所以被稱為「歷史母本」，除了將一片土地上流逝的時間變成不朽的文字，更因它讓文字中的人活了起來。

《史記》讓我們看到了明君也有情慾，賢相也會妒忌，惡吏也有惻隱，刺客也有脆弱，英雄也會在磨難中自相矛盾，謀士也曾泄露一絲不為人知的戰栗。

一個個具象的人，從抽象的歷史中朝我們走來，甚至帶着語氣，帶着表情，帶着過於逼真的細節。歷史從此有了停頓，有了氣口，有了溫度、色調和神韻，像交響樂一樣氣象萬千，像散文一樣蕩氣迴腸。

它的人物格外豐滿，筆觸卻異常節制。瀝乾了同時代辭賦的藻飾，只蒸餾出曉暢與自然，這也許是司馬遷影射自己際遇的方式。它循着「人」的火光而來，冶煉出更高級的美學品位。

❶ 廉頗者，趙之良將也。趙惠文王十六年，廉頗為趙將，伐齊，大破之，取陽晉，**拜**為上卿，以勇氣聞於諸侯。

❷ 藺（lìn）相如者，趙人也。為趙宦者令繆賢**舍人**。

拜：用一定的禮節授予某種名位或官職。

舍人：隨侍身邊的親近屬官的通稱。戰國及漢初王公貴族都有舍人。

1

廉頗，是趙國優秀的將領。趙惠文王十六年，廉頗作為趙國的將軍，(率領趙軍) 征討齊國，大敗齊軍，奪取了陽晉，晉升為上卿，(從此他) 憑藉英勇善戰聞名於各諸侯國。

2

藺相如，趙國人。(他) 是趙國的宦官首領繆賢家的門客。

日益精進

上卿

戰國時最高的官階。周代官制，天子和諸侯都有卿，分上、中、下三等，最尊貴者為上卿。

3 趙惠文王時，得楚和氏璧。秦昭王聞之，使人遺趙王書，願以十五城請易璧。趙王與大將軍廉頗諸大臣謀：欲予秦，秦城恐不可得，**徒見欺**；欲勿予，即**患**秦兵之來。計未定，求人可使報秦者，未得。

徒見欺：白白地受騙。見，被，表示被動。 **患：**憂慮，擔心。

趙惠文王在位的時候，得到了楚人的和氏璧。秦昭王聽說了這件事，派人給趙王送來一封書信，(表示) 願意用十五座城池交換和氏璧。趙王同大將軍廉頗以及諸大臣商量：如果 (把寶玉) 給秦國，秦國的城邑恐怕不可能得到，白白地被欺騙；如果不給，又擔心秦軍來攻打。(他們) 尚未找到合適的解決辦法，(想) 尋找一個可派去回覆秦國的人，也未能找到。

日益精進

玉在古代的其他名稱

除了瑤、瓊等常見字之外，還有琮 (cóng)，指方柱形，中有圓孔的玉；瓏 (lóng)，古人大旱求雨時所用的玉，上刻龍紋；璆 (qiú)，美玉，可製磬，亦借指磬。

4 宦者令繆賢曰：「臣舍人藺相如可使。」王問：「何以知之？」對曰：「臣嘗有罪，**竊計**＿＿欲亡走燕。臣舍人相如止臣曰：『君何以知燕王？』臣**語**(yù)曰，臣嘗從大王與燕王會境上，燕王私握臣手曰，『願結友』，以此知之，故欲往。相如謂臣曰：『夫趙強而燕弱，而君幸於趙王，故燕王欲結於君。

竊計：私下打算。竊，謙辭，私自、私下。　**語**：告訴。

宦官令繆賢說：「臣的門客藺相如可以出使。」趙王問：「你是怎麼知道他可以出使的？」繆賢回答說：「臣曾犯過罪，私下打算逃亡到燕國去。臣的門客相如阻止我說：『您憑甚麼知道燕王會收留您呢？』臣對他說，臣曾隨從大王在國境上與燕王會面，燕王私下握住臣的手說，『想跟您交個朋友』，因此（我）知道，所以打算投奔燕王。相如對臣說：『趙國強，燕國弱，而您受寵於趙王，所以燕王想要和您結交。

日益精進

宦者令

宦官的頭目。戰國時已置，東漢撤。

今君乃亡趙走燕，燕畏趙，其勢必不敢留君，而束君歸趙矣。君不如**肉袒**(tǎn)伏斧**質**請罪，則幸得脫矣。』臣從其計，大王亦幸赦(shè)

臣。臣竊以為其人勇士，有智謀，宜可使。」

肉袒：把上身裸露出來。　**質：**殺人時作墊用的砧板。

現在您是從趙國逃亡到燕國去，燕國懼怕趙國，這種形勢下（燕王）必定不敢收留您，而且還會把您捆綁起來送回趙國。您不如脱掉上衣，赤身伏在刑具上請求治罪，這樣也許能僥倖被赦免。』臣聽從了他的意見，大王也開恩赦免了臣。臣私下認為這人是個勇士，有智謀，應該可以出使。」

日益精進

赦

古代君主發佈減免罪責、刑罰的命令。赦令出於帝王，目的為籠絡人心、鞏固統治，是體現封建時期皇權的重要標誌。

5 於是王召見，問藺相如曰：「秦王以十五城請易寡人之璧，可予不（fǒu）？」相如曰：「秦強而趙弱，不可不許。」王曰：「取吾璧，不予我城，奈何？」相如曰：「秦以城求璧而趙不許，**曲**在趙；趙予璧而秦不予趙城，曲在秦。**均**之二策，寧許以**負**秦曲。」

曲：理虧。　**均：**權衡、比較。　**負：**負擔、承擔。這裏是使動用法。

於是趙王立即召見，問藺相如：「秦王用十五座城池請求交換我的和氏璧，能不能給他？」相如說：「秦國強，趙國弱，不能不答應。」趙王說：「得了我的璧，不給我城邑，怎麼辦？」相如說：「秦國請求用城換璧，趙國不答應，趙國理虧；趙國給了璧而秦國不給趙國城邑，秦國理虧。比較這兩個計策，寧可答應（給秦國璧），使秦國承擔理虧（的責任）。」

日益精進

相

在國君之下輔助國君處理政務的最高官職。商代叫尹，春秋叫卿，秦朝稱丞相，唐宋以後稱宰相，明太祖廢宰相，後世不設。

王曰：「誰可使者？」相如曰：「王**必**無人，臣願奉璧往使。城入趙而璧留秦；城不入，臣請**完**璧歸趙。」趙王於是遂遣相如奉璧西入秦。

6　秦王坐章台見相如。相如奉璧奏秦王。秦王大喜，傳以示美人及**左右**，左右皆呼萬歲。相如視秦王無意償趙城，乃前曰：「璧有瑕，請指示王。」

必：一定，實在。　**完**：使……完好無缺，這裏是使動用法。　**左右**：侍從。

趙王說：「誰可以前往？」相如說：「大王實在無人可派，臣願捧護寶璧前往出使。城邑歸屬趙國了，就把寶璧留給秦國；城邑不能歸（趙國），請讓我把和氏璧完好地帶回趙國。」趙王於是就派遣藺相如捧護和氏璧，西行入秦。

秦王坐在章台上接見藺相如。藺相如捧璧呈獻給秦王。秦王非常高興，把寶璧傳給妻妾和侍從看，侍從都高呼萬歲。藺相如看出秦王沒有用城邑抵償趙國的意思，便走上前去說：「璧上有個小斑點，讓我指給大王看。」

日益精進

萬歲

戰國時，萬歲為臣下對君主的祝賀之辭。在先秦時代，萬歲同時是上天的別稱，軍隊得勝歸來，振臂高呼萬歲，表達對上天的讚美，以示戰無不勝。

王授璧。相如因持璧卻立，倚柱，怒髮上衝冠，謂秦王曰：「大王欲得璧，使人發書至趙王，趙王悉召羣臣議，皆曰：『秦貪，負其強，以**空言**求璧，償城恐不可得。』議不欲予秦璧。臣以為布衣之交尚不相欺，況大國乎？且以一璧之故逆強秦之歡，不可。於是趙王乃齋戒五日，使臣奉璧，拜送書於庭。何者？**嚴**大國之威以修敬也。

空言：口頭上說的話。　**嚴**：尊重，這裏用作動詞。

秦王把璧交給他。藺相如於是手持璧玉退後幾步，靠在柱子上，怒髮衝冠，對秦王說：「大王想得到寶璧，派人送信給趙王，趙王召集全體大臣商議，（大家）都說：『秦國貪得無厭，倚仗它的強大，想用空話得到寶璧，給我們城邑恐怕不可能。』商議的結果是不想把寶璧給秦國。但是我認為平民百姓之間的交往尚且不互相欺騙，更何況是大國之間呢？況且為了一塊璧玉的緣故就使強大的秦國不高興，也是不應該的。於是趙王齋戒了五天，派我捧着寶璧，在朝廷上將國書交給我。為甚麼要這樣呢？是尊重大國的威望以表示敬意呀。

日益精進

齋戒

古人在祭祀或行大禮之前，潔身清心，以示虔誠。

今臣至，大王**見臣列觀**(guàn)，禮節甚**倨**(jù)  ，得璧，傳之美人，以戲弄臣。臣觀大王無意償趙王城邑(yì)，故臣復取璧。大王必欲**急**臣，臣頭今與璧俱碎於柱矣！」

7 相如持其璧睨(nì)柱，欲以擊柱。秦王恐其破璧，乃辭謝，固請，召有司案圖，指從此以往十五都予趙。

見臣列觀：在一般的宮殿裏接見我，意思是不在正殿接見，禮數輕慢。 **倨：**傲慢。
急：逼迫。

如今我來到（貴國），大王卻在一般的宮殿裏接見我，禮節十分倣慢；得到寶璧後，傳給妻妾們觀看，這樣來戲弄我。我觀察大王沒有給趙王十五城的誠意，所以我又取回寶璧。大王如果一定要逼我，我的頭今天就同寶璧一起在柱子上撞碎！」

相如手持寶璧，斜視庭柱，就要向庭柱上撞去。秦王怕他把寶璧撞碎，便婉言道歉，堅決請求（他不要如此），並召來有司查看地圖，指明從某地到某地的十五座城邑給趙國。

日益精進

有司

古代設官分職，各有專司，所以稱官吏為「有司」。相傳商代就設置了「天子五官」—— 司徒、司馬、司空、司士、司寇，分別掌管不同的行政事務。

8 相如度(duó)秦王**特**以詐佯為予趙城，實不可得，乃謂秦王曰：「和氏璧，天下所共傳寶也。趙王恐，不敢不獻。趙王送璧時齋戒五日。今大王亦宜齋戒五日，設九賓於廷，臣乃敢上璧。」秦王度(duó)之，終不可強奪，遂許齋五日，舍相如**廣成傳**(zhuàn)。

特：只，不過。　**廣成傳：**賓館名。傳，招待賓客的館舍。

藺相如估計秦王只不過用欺詐手段假裝給趙國城邑，實際上（趙國）不可能得到，於是對秦王說：「和氏璧是天下公認的寶物，趙王懼怕（貴國），不敢不奉獻出來。趙王送璧之前齋戒了五天。如今大王也應齋戒五天，在殿堂上安排九賓大典，我才敢獻上寶璧。」秦王估量，畢竟不可能強力奪取（和氏璧），就答應齋戒五天，把相如安置在廣成賓館。

日益精進

九賓之禮

這是古代外交上最隆重的禮節，由儐者九人依次傳呼接引賓客上殿。按照周禮，九賓分別為公、侯、伯、子、男、孤、卿、大夫、士。

❾ 相如度(duó)秦王雖齋，決負約不償城，乃使其從者**衣**褐(yì hè)，懷其璧，從徑道亡，歸璧於趙。

❿ 秦王齋五日後，乃設九賓禮於廷，引趙使者藺相如。相如至，謂秦王曰：「秦自繆(mù)公以來二十餘君，未嘗有**堅明**約束者也。臣誠恐見欺於王而負趙，故令人持璧歸，間(jiàn)

至趙矣。

衣：動詞，穿。　**堅明**：堅決明確地。

9

蘭相如估計秦王雖然答應齋戒，也必定背約不給城邑，於是派他的隨從穿上粗麻布衣服，懷中藏好寶璧，從小路逃出，把寶璧送回趙國。

0

秦王齋戒五天後，就在殿堂上安排了九賓大禮，宴請趙國使者蘭相如。蘭相如來到後，對秦王說：「秦國從穆公以來的二十餘位君主，從沒有能切實遵守信約的人。我實在是害怕被大王欺騙而對不起趙王，所以派人帶着寶璧回去了，（那人）已從小路到達趙國了。

日益精進

褐

本指粗布衣，引申為穿褐色布衣的平民百姓。「解褐」，就是去粗布衣服，入職為官。

且秦強而趙弱，大王遣一介之使至趙，趙立奉璧來。今以秦之強而先割十五都予趙，趙豈敢留璧而得罪於大王乎？臣知欺大王之罪當誅，臣請**就湯鑊**(huò)。唯大王與羣臣**孰**計議之。」

就湯鑊：受湯鑊之刑。　**孰**：同「熟」，仔細。

況且秦國強大趙國弱小，大王派遣一位使臣到趙國，趙國立即就會把璧送來。如今憑着秦國的強大，先把十五座城邑給趙國，趙國哪裏敢留下寶璧而得罪大王呢？我知道欺騙大王是應該被誅殺的，我願意接受湯鑊之刑。（我）只希望大王和各位大臣從長計議此事。」

日益精進

湯鑊

古代的一種酷刑，用滾水烹煮。後比喻痛苦的處境。鑊，古代的一種大鍋，無足，銅鐵鑄成。

⑪ 秦王與羣臣**相視而嘻**。左右或欲引相如去，秦王因曰：「今殺相如，終不能得璧也，而絕秦趙之歡。不如因而**厚遇**之，使歸趙。趙王豈以一璧之故欺秦邪？」卒廷見相如，畢禮而歸之。

⑫ 相如既歸，趙王以為賢大夫，使不辱於諸侯，拜相如為上大夫。

相視而嘻：面面相覷，發出無可奈何的聲音。形容懊喪的樣子。嘻，這裏作動詞用。
厚遇：好好招待。厚，優厚。遇，招待、款待。

秦王和羣臣面面相覷，發出苦笑之聲。侍從中有人想拉藺相如去（受刑），秦王趁機説：「如今殺了藺相如，終歸還是得不到寶璧，反而會破壞秦趙兩國的交情。不如趁此好好款待他，放他回到趙國。趙王難道會為了一塊璧玉的緣故而欺負秦國嗎？」最終（秦王）還是在殿堂上（設九賓之禮）接見了藺相如，大禮完成後讓他回了國。

相如回國後，趙王認為他是一位賢能的大夫，出使諸侯國，能不辱使命，於是封相如為上大夫。

日益精進

上大夫

先秦官名，比卿低一等。

⑬ 秦亦不以城予趙，趙亦終不予秦璧。

⑭ 其後秦伐趙，**拔**石城。明年復攻趙，殺二萬人。秦王使使者告趙王，欲與王**為好**，會於西河外澠(miǎn)池。趙王畏秦，欲毋行。廉頗藺相如計曰：「王不行，示趙弱且怯也。」趙王遂行。

拔：攻下。 **為好**：和好。

3

秦國並沒有把城邑給趙國，趙國也始終不給秦國寶璧。

4

此後秦國攻打趙國，奪取了石城。第二年，秦國再次攻打趙國，殺死兩萬人。秦王派使者告訴趙王，想在西河外的澠池與趙王和好。趙王害怕秦國，打算不去。廉頗、藺相如商量道：「大王如果不去，就顯得趙國既軟弱又膽小。」趙王於是前去赴會。

日益精進

「克」與「拔」的區別

「克」指攻克、克敵制勝。「拔」是攻取。古人認為「拔」如同拔取樹木，得到事物的根本。所以「拔」比「克」更加徹底。

相如從。廉頗送至境，與王**訣**(jué) 

曰：「王行，度(duó)道里會遇之禮畢，還，不過三十日。三十日不還，則請立太子為王，以絕秦望。」王許之。遂與秦王會澠池。

⑮ 秦王飲酒酣  ，曰：「寡人竊聞趙王好音，請奏瑟。」趙王鼓瑟。秦御史前書曰：「某年月日，秦王與趙王會飲  ，令趙王鼓瑟。」

訣：告別，有準備不再相見的意味。

藺相如隨行。廉頗送到邊境，和趙王告別說：「大王此行，估計路程和會見的禮節完畢，再返回，不會超過三十天。（如果）三十天還沒回來，就請（您）允許（我們）立太子為王，以斷絕秦國（要挾）的念頭。」趙王答應了，便前去澠池與秦王會見。

秦王飲到酒興正濃時，說：「我私下裏聽說趙王愛好音樂，請您彈瑟一曲！」趙王就彈起瑟來。秦國的史官上前來寫道：「某年某月某日，秦王與趙王一起飲酒，令趙王彈瑟。」

日益精進

秦三十六郡

秦始皇統一天下時，撤銷了原來的分封制，改行郡縣制，於是把天下分為三十六郡，後又陸續有所增設。郡縣長官由中央任免。

藺相如前曰：「趙王竊聞秦王善為秦聲，請奉盆**缻**(fǒu)秦王，以相娛樂。」秦王怒，不許。於是相如前進缻，因跪請秦王。秦王不肯擊缻。相如曰：「五步之內，相如請得以頸血濺大王矣！」左右欲**刃**相如，相如張目叱(chì)之，左右皆**靡**(mǐ)。於是秦王不**懌**(yì)，為一擊缻。相如顧召趙御史書曰：「某年月日，秦王為趙王擊缻。」

缻：盛酒漿的瓦器。　**刃**：動詞，殺。　**靡**：退卻。　**懌**：高興，喜悅。

藺相如上前說：「趙王私下裏聽說秦王擅長秦地土樂，請讓我給秦王捧上盆缶，來相互為樂。」秦王發怒，不答應。這時藺相如向前進獻瓦缶，並跪下請秦王演奏。秦王不肯擊缶。藺相如說：「在這五步之內，相如能夠讓脖頸裏的血濺在大王身上！」秦王的侍從們想要殺藺相如，藺相如睜圓雙眼大聲斥罵他們，侍從們都退卻了。因此秦王很不高興，只好敲了一下缶。藺相如回頭叫趙國史官寫道：「某年某月某日，秦王為趙王擊缶。」

日益精進

缶

一種盛酒的瓦器，也是一種打擊樂器。「擊缶」，就是「鼓盆」，一直在中國傳統文化中有兩個主要含義，一是普通百姓的娛樂，二是葬禮場合表示悲傷的禮節。

秦之羣臣曰：「請以趙十五城為秦王壽。」藺相如亦曰：「請以秦之咸陽為趙王**壽** 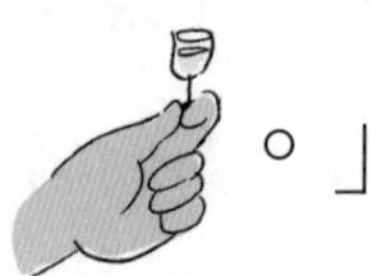。」

16 秦王竟酒，終不能加勝於趙。趙亦**盛**(shèng)**設兵**以待秦，秦不敢動。

17 既罷，歸國，以相如功大，拜為上卿，位在廉頗之**右**。

壽：動詞，向人進酒或獻禮。　**盛設兵：**多多部署軍隊。盛，多。
右：上。秦漢以前，以右為尊。

秦國的大臣們說：「請（你們）用趙國的十五座城池給秦王獻禮。」藺相如也說：「請（你們）用秦國的咸陽向趙王獻禮。」

6

直到酒宴結束，秦王始終也未能勝過趙國。趙國也部署了大批軍隊來防備秦國，（因而）秦國不敢輕舉妄動。

7

（澠池會）結束以後，回到趙國，由於藺相如功勞大，被封為上卿，官位在廉頗之上。

日益精進

古代官職的「左」與「右」

「左」和「右」為古代區別尊卑高下的標誌之一。各代情況不同，有些朝代尊「右」，有些朝代尊「左」。並且根據具體情況，「左」「右」的高低會有變換。

⑱ 廉頗曰：「我為趙將，有攻城野戰之大功，而藺相如徒以口舌為勞，而位居我上。且相如**素賤人**，吾羞，不忍為之下！」宣言曰：「我見相如，必辱之。」相如聞，不肯與會。相如每朝時，常稱病，不欲與廉頗爭列。已而相如出，望見廉頗，相如引車避匿(nì)。

素賤人：本來是卑賤的人（指相如為宦者令的舍人）。素，向來，本來。

廉頗說：「我作為趙國的將軍，有攻佔城池作戰曠野的大功勞，而藺相如只憑言辭立功，他的地位就在我之上了。況且藺相如本來就出身卑賤，我感到羞恥，無法容忍（地位）在他的下面！」（並且）揚言說：「我遇見藺相如，一定要羞辱他。」藺相如聽到這話後，不願意和廉頗相見。每到上朝時，（藺相如）常常聲稱有病，不願和廉頗去爭位次。過了些時候，藺相如外出，遠遠看到廉頗，他就掉轉車子迴避。

日益精進

早期的「上朝」

上朝起初不叫上朝，地點也不在朝堂上，而是在宗廟裏舉行的。周天子在宗廟裏和大臣們一起祭祀，叫「告朔」；告朔之後要一起決定接下來的國家大事，叫「聽朔」。這一整套過程都在宗廟舉行，所以也叫「朝廟」。

⑲ 於是舍人相與諫曰：「臣所以去親戚而事君者，徒慕君之高義也。今君與廉頗同列，廉君宣惡言，而君畏匿之，恐懼**殊甚**。且庸人尚**羞**之，況於將相乎？臣等**不肖**(xiào)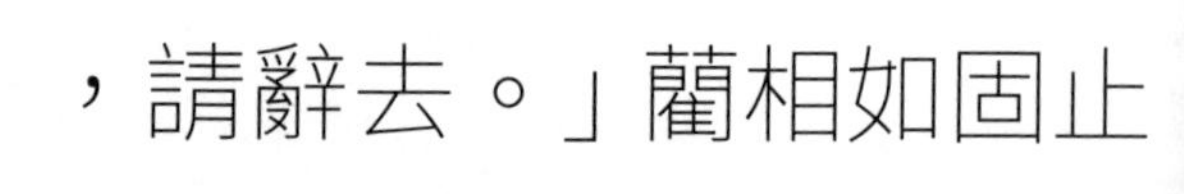，請辭去。」藺相如固止之，曰：「公之視廉將軍孰與秦王？」曰：「不若也。」

殊甚：太過分。　**羞：**以……為羞，意動用法。　**不肖：**不才。

於是藺相如的門客就一起來向藺相如規勸說：「我們之所以離開親人來侍奉您，是仰慕您高尚的節義呀。如今您與廉頗官位相同，廉頗那傳出壞話，而您卻害怕躲避着他，膽怯得也太過分了。就是普通人也尚且感到羞恥，更何況是身為將相的人呢？我們這些人沒有才能，請讓我們離開吧。」藺相如堅決地挽留他們，說：「諸位認為廉將軍比秦王怎麼樣？」（眾人）說：「（廉將軍）不如（秦王厲害）。」

日益精進

親戚

古代的親戚，除了指父母及兄弟等，還指內外親屬。其詞義比今天的要廣泛。

相如曰：「夫以秦王之威，而相如廷叱之，辱其羣臣，相如雖**駑**（nú），獨畏廉將軍哉？**顧**吾念之，強秦之所以不敢加兵於趙者，徒以吾兩人在也。今兩虎共鬥，其勢不俱生。吾所以為此者，以先國家之急而後私仇也。」

駑：愚劣，無能。　**顧：**只是，不過。

藺相如說：「以秦王的威勢，而我尚敢在朝廷上呵斥他，羞辱他的羣臣，我藺相如雖然無能，難道只害怕廉將軍嗎？只是我想到，強大的秦國之所以不敢對趙國用兵，就是因為有我們兩人在呀。如今（我們倆相鬥就如同）兩猛虎爭鬥，勢必不能同時生存。我之所以這樣忍讓，就是將國家的危難放在前面，而將個人的私怨擱在後面罷了！」

日益精進

廷

古時帝王接受朝見和辦理政事的地方，常見中廷、大廷、東廷之說。也常引申表庭院。

⑳ 廉頗聞之，肉袒負荊，因賓客至藺相如門謝罪，曰：「鄙賤之人，不知**將軍**寬之至此也！」

㉑ 卒相與歡，為**刎**（wěn）**頸之交**。

將軍：指藺相如。　**刎頸之交**：指同生死共患難的朋友。

20

廉頗聽說了這些話，就脱去上衣，露出上身，揹着荊條，由賓客（引領），來到藺相如的門前請罪，說：「（我這個）粗野卑賤的人，想不到將軍的胸懷如此寬大啊！」

21

（二人）終於相互交好，成了生死與共的好友。

日益精進

古代的朋友分類

金蘭之交，情誼契合、親如兄弟的朋友；刎頸之交，同生死共患難的朋友；莫逆之交，情投意合、友誼深厚的朋友；布衣之交，以平民身份相交往的朋友；忘年交，輩分不同、年齡相差較大的朋友。

普通話朗讀

蘇武傳

班固　《漢書》

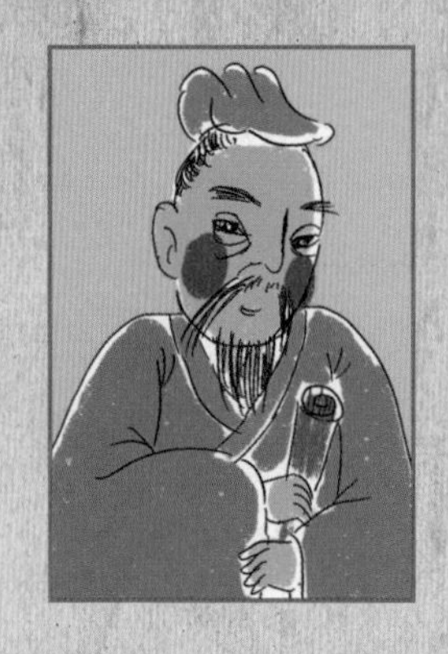

姓名　班固

別稱　字孟堅

出生地　扶風安陵（今陝西省咸陽東北）

生卒年　公元 32—92 年

史學達人

撰《漢書》，中國第一部紀傳體斷代史，「二十四史」之一

漢賦大家

「漢賦四大家」之一，《兩都賦》開創京都賦範例

經學發燒友

經學理論家，撰經學研究集大成之著作《白虎通義》

生命指數

61 歲

家族的榮光

這是一個家族與《漢書》的不解之緣。

它的開始來源於父親的夢想。班彪，歷史學家，為《史記》續寫數十篇，成為《漢書》的基礎。長子班固，子承父業，決定編修《漢書》，卻因私修國史入獄。弟弟班超，連夜衝進洛陽。此時，他還不是那個出征西域名震天下的定遠侯。漢明帝終於認可了班固的才華。自此，班固開啟了長達七千多個日夜的編撰工作。

班固死後，妹妹班昭，奉詔續修《漢書》，直至完成。

這是一場接力賽。班氏一族，用才華和執着，把「書香門第」這四個字烙進了史冊，《漢書》的榮光終是撫平了先輩未竟事業的憂傷。

1

武，字子卿。少以父任，兄弟並為郎。稍遷至**移**(yí)**中廄**(jiù)監。時漢連伐**胡**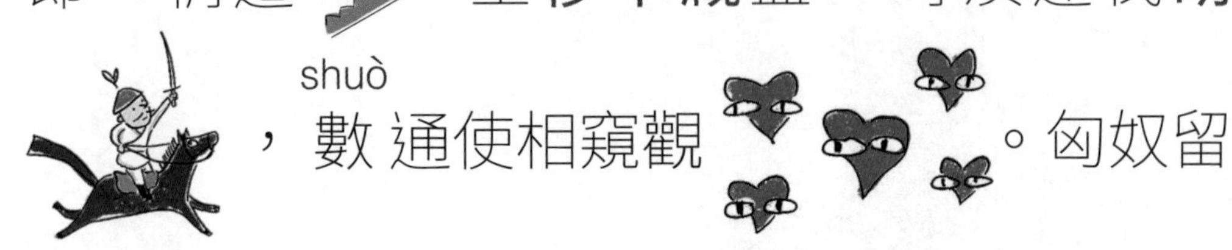，數(shuò)通使相窺觀。匈奴留漢使郭吉、路充國等，前後十餘輩。匈奴使來，漢亦留之以**相當**

。天漢元年，且(jū)鞮(dī)侯單(chán)于初立，恐漢襲之，乃曰：「漢天子我**丈人**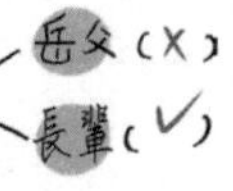

行(háng)也。」

移中廄：漢代有移園，其中的馬廄稱為「移中廄」。　**胡**：這裏指匈奴。　**相當**：相抵。
丈人：對長輩的尊稱。　**行**：輩。

1

蘇武，字子卿。（他）年輕時，憑藉父親職任的關係而被任用，兄弟都做了皇帝的侍從官。（蘇武）逐漸被提拔為移園中管馬廄的官。當時漢朝廷不斷討伐匈奴，雙方多次互派使節暗中偵察。匈奴扣留了漢使節郭吉、路充國等前後十餘批。匈奴使節前來，漢朝廷也扣留了人來相抵。天漢元年，且鞮侯單于剛繼位，唯恐漢朝襲擊他，於是說：「漢皇帝是我的長輩。」

日益精進

匈奴

以畜牧為主，逐水草而居的遊牧民族。漢初，匈奴強大起來，屢次進犯，對西漢造成極大威脅。漢武帝時西漢軍對其發起攻勢，多次進軍漠北，使其受到很大的打擊。

盡歸漢使路充國等。武帝嘉其義，乃遣武以中郎將使持**節**送匈奴使留在漢者，因厚賂單于，答其善意。武與副中郎將張勝及**假吏**常惠等募士**斥候**百餘人俱，既至匈奴，置幣遺(wèi)單于；單于**益**驕，非漢所望也。

節：旄（máo）節，以竹為竿，上綴以牦牛尾，是使者所持的憑證。
假吏：臨時委任的使臣屬官。　**斥候**：偵察兵。　**益**：漸漸。

全部送還了漢朝使節路充國等人。漢武帝讚許他這種合乎情理的做法，就派遣蘇武以中郎將的身份持節出使，護送扣留在漢朝的匈奴使者，順便送給單于很豐厚的禮物，以答謝他的好意。蘇武同副中郎將張勝以及臨時委派的使臣屬官常惠等，加上招募來的士卒、偵察兵等一百多人一同前往，一到匈奴那裏，(就) 備辦了一些禮品送給單于。單于漸漸倨傲，不是漢所期望的那樣。

日益精進

單于

匈奴人對首領的專稱，意為「廣大」，該稱號一直沿襲至匈奴滅亡。

②　方欲發使送武等，會**緱(gōu)王**與長水虞常等謀反匈奴中。緱王者，**昆(hún)邪(yé)王**姊(zǐ)子也，與昆邪王俱降漢，後隨**浞(zhuó)野侯沒(mò)**胡中。及衞律所將降者，陰相與謀劫單于母閼(yān)氏(zhī)歸漢。

緱王：匈奴的一個親王。　**昆邪王**：匈奴的一個親王。　**浞野侯**：漢將趙破奴的封號。
沒：陷入而不能脱身。

（匈奴）正要派使者送蘇武等人（返漢）的時候，適逢緱王與長水人虞常等人在匈奴內部謀反。緱王是昆邪王姐姐的兒子，與昆邪王一起降漢，後來又跟隨浞野侯被困在匈奴，連同衛律所帶領的那些被迫投降匈奴的人，暗中共同策劃劫持單于的母親閼氏歸附漢朝。

日益精進

閼氏

單于配偶的稱號，如同王后。閼氏的名號地位有差別，地位低的閼氏不能干預軍政，單于可隨意處置她們；地位高的閼氏可聯合自己的氏族干預軍政，甚至干預單于位的繼承。

會武等至匈奴，虞常在漢時，素與副張勝相知，私候勝曰：「聞漢天子甚怨衞律，常能為漢伏弩（nǔ）射殺之，吾母與弟在漢，幸

蒙其賞賜。」張勝許之，以貨物與常。

3 後月餘，單于出獵，獨閼氏子弟在。虞常等七十餘人欲**發**，其一人夜亡，告之。單于子弟發兵與戰。緱王等皆死，虞常**生得**。

發：發動，動手。　**生得：**被活捉。

正好碰上蘇武等人到匈奴，虞常在漢的時候，一向與副使張勝有交情，私下拜訪張勝說：「聽說漢天子很怨恨衛律，我虞常能為漢朝暗中用弩弓將他射死，我的母親與弟弟都在漢，希望得到皇帝的賞賜。」張勝許諾了他，把財物送給了虞常。

一個多月後，單于外出打獵，只有閼氏和王室的子弟在家。虞常等七十餘人將要動手，其中一人夜晚逃走，告發了這件事。單于的子弟發兵與他們交戰。緱王等都戰死了，虞常被活捉。

日益精進

弩

戰國時期人們發明了弩，它由弓、弩臂、弩機三個部分構成。弓，橫裝於弩臂前端；弩臂，用以承弓、撐弦，並供使用者托持；弩機，安裝於弩臂後部，用以扣弦、發射。

單于使衞律治

其事，張勝聞之，恐前語(yǔ)發，以狀語(yù)武。武曰：「事如此，此必及我，**見犯**乃死，重(zhòng)負國。」欲自殺，勝、惠共止之。虞常果**引**張勝。單于怒，召諸**貴人**議，欲殺漢使者。**左伊秩訾(zī)**曰：「即謀單于，何以復加？宜皆降(xiáng)之。」

見犯：受到侮辱。　**引**：牽扯。　**貴人**：貴族大臣。　**左伊秩訾**：匈奴王號。

單于派衛律審理這一案件，張勝聽到這個消息，擔心他和虞常私下所說的那些話被揭發，便把事情經過告訴了蘇武。蘇武說：「事情到了如此地步，這樣一定會牽連到我，受到侮辱才死，更對不起國家。」因此想自殺，張勝、常惠一起制止了他。虞常果然供出了張勝。單于大怒，召集許多貴族大臣前來商議，想殺掉漢使者。左伊秩訾說：「假如謀殺單于，又該用甚麼更嚴的刑罰呢？應當叫他們都投降。」

日益精進

西漢匈奴戰爭

這場戰爭自漢高祖時期就已開始，西漢一直處於防禦階段，直至漢武帝時期。漢武帝元光二年（公元前 133 年）至征和四年（公元前 89 年），西漢軍使用大規模騎兵作戰，快速機動，長途奔襲，是戰勝匈奴的主要手段。這一時期是我國古代戰爭由車騎並用過渡到以騎兵為主的轉折時期。漢元帝建昭三年（公元前 36 年），北匈奴覆滅，這場戰爭才結束。

4 單于使衞律召武**受辭**。武謂惠等：「屈節辱命，雖生，何面目以歸漢！」引佩刀自刺。衞律驚，自抱持武，馳召醫。鑿地為**坎**，置**煴火**，覆武其上，**蹈**(tāo)其背以出血。武氣絕，半日復息。惠等哭，輿歸營。單于壯其節，朝夕遣人候問武，而**收繫**張勝。

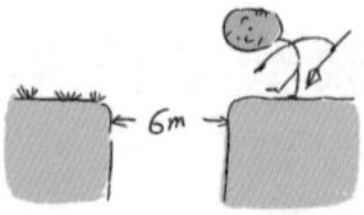

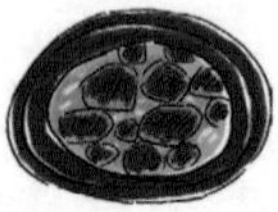

受辭：聽取供詞。　**坎**：坑。　**煴火**：沒有火焰的微火，類似炭火。
蹈：同「掏」，叩擊、拍打。　**收繫**：逮捕監禁。

單于派衛律召喚蘇武來受審訊。蘇武對常惠等人說：「污損了節操，辜負了使命，即使活着，（我）還有甚麼臉面回到漢朝去呢！」（於是他）拔出佩刀自刎。衛律大吃一驚，親自抱住、扶好蘇武，派人騎快馬去找醫生。（醫生）在地上挖一個坑，在坑中放入微火，把蘇武臉朝下放在坑上，拍打他的背部，讓淤血流出來。蘇武本來已經斷了氣，好半天才恢復氣息。常惠等人哭泣着，用車子把蘇武載回營帳。單于認為蘇武的氣節豪壯，早晚派人問候蘇武，而把張勝逮捕監禁起來。

日益精進

輿

古代馬車的車廂叫輿，輿的前面和兩旁以木板為屏蔽，乘車的人從輿的後面上車。

5

武益愈，單于使使曉武，會**論**虞常，欲因此時降武。劍斬虞常已，律曰：「漢使張勝謀殺單于近臣，**當**死。單于募降者赦罪。」舉劍欲擊之，勝請降。律謂武曰：「副有罪，當相坐。」武曰：「本無謀，又非親屬，何謂相坐？」復舉劍**擬**之，武不動。

論：判罪。　**當**：判處。　**擬**：比畫。

蘇武漸漸痊癒，單于派使者通知蘇武，一起來審判虞常，想藉這個機會使蘇武投降。劍斬虞常後，衛律說：「漢使張勝謀殺單于親近的大臣，判處死罪。（但）單于招求降者，（可）赦免他們的罪。」（他）舉劍要擊殺張勝，張勝請求投降。衛律對蘇武說：「副使有罪，應該連坐到你。」蘇武說：「我本來就沒有參與謀劃，又不是他的親屬，怎麼談得上連坐？」衛律又舉劍對蘇武比畫着要殺他，蘇武巋然不動。

日益精進

連坐

古時因一人犯法而使和其有一定關係的人（如親屬、鄰里或主管者等）連帶受刑的制度。漢武帝時，主管官吏明知部下犯罪也不舉報的，也得連坐。

律曰：「蘇君，律前負漢歸匈奴，幸蒙大恩，

賜號稱王。擁眾數萬，馬畜彌山 

，

富貴如此！蘇君今日降，明日復然。空以身

gào
膏草野  ，誰復知之！」武不應。律

曰：「君因我降，與君為兄弟；今不聽吾計，

後雖欲復見我，尚可得乎？」武罵律曰：「汝

為人臣子，不顧恩義，**畔**主  背親，

為降虜於蠻夷，何以汝為見？

膏：滋潤。　**畔**：同「叛」，背叛、背棄。

衛律說：「蘇君，我衛律以前背棄漢廷，歸順匈奴，幸運地受到單于的大恩，賜我爵號，讓我稱王；擁有奴隸數萬，馬和其他牲畜滿山（都是），如此富貴！蘇君你今日投降，明日也是這樣。白白地用身體給荒野做肥料，又有誰知道你呢！」蘇武毫無反應。衛律說：「你通過我而投降，我與你結為兄弟；今天不聽我的安排，以後（你）即使再想見我，還能得到機會嗎？」蘇武痛罵衛律說：「你做人家的臣下，不顧及恩德義理，背叛皇上、拋棄親人，在異族那裏做俘虜，（我）要見你幹甚麼？

日益精進

古代投降

國家與國家之間投降，是向對方派出使者遞上降書，表明自己來降。兩軍對壘攻城，一方要投降，最高長官會開啟城門，帶領所有軍隊出城，放下兵器，表明放棄抵抗。

且單于信汝，使決人死生，不平心持正，反欲鬥兩主，觀禍敗。……**若**知我不降明，欲令兩國相攻，匈奴之禍，從我始矣。」

若：你。

況且單于信任你，讓你決定別人的死活，（你卻）居心不平，不主持公道，反而想要使漢皇帝和匈奴單于二主相鬥，（從旁）觀看（兩國的）災禍和損失。……你明知道我決不會投降，想要使漢和匈奴互相攻打，匈奴的災禍，將從（殺死）我蘇武開始了！」

日益精進

衞律

其父歸順漢朝，是居住在長水附近的胡人，因此衞律生於漢朝、長於漢朝，漢化頗深。他曾被任命為漢使，後投降匈奴。

⑥ 律知武終不可脅，白單于。單于愈益欲降之。乃**幽**武置大窖中，絕不飲食。天**雨**(yù)**雪**，武臥**嚙**(niè)雪，與**旃**(zhān)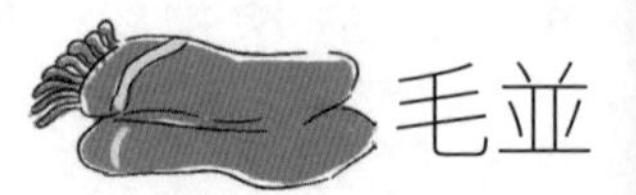毛並咽之，數日不死。匈奴以為神。乃徙武北海上無人處，使牧**羝**(dī)，羝乳乃得歸。別其官屬常惠等各置他所。武既至海上，廩(lǐn)食不至，掘野鼠**去**(jǔ)草實而食之。

幽：囚禁。　**雨雪：**下雪。雨，動詞，下。　**嚙：**咬，嚼。　**旃：**同「氈」，毛織的氈毯。
羝：公羊。　**去：**同「弆」，收藏。

衛律知道蘇武終究不可受脅迫而投降，就向單于報告。單于越發想要使他投降，就把蘇武囚禁起來，放在大地穴裏面，斷絕供應，不給他喝的、吃的。天下雪，蘇武臥着嚼雪，同氈毛一起吞下充飢，幾日不死。匈奴認為（這）是神（在幫他），就把蘇武遷移到北海邊沒有人的地方，讓他放牧公羊，（直到）公羊生了小羊才能回來。把他與隨從官吏常惠等人分開，分別安置到另外的地方。蘇武遷移到北海後，官府發給（他）的糧食不來，（他就）掘野鼠穴中藏的草實來吃。

日益精進

廩食

官府供給的糧食。倉廩，古代貯藏米穀的倉庫。

杖漢節牧羊，臥起操持，節旄盡落。積

wū jiān yì

五六年，單于弟**於軒王弋射**海上。武能

zhuó qíng

網**紡繳**，**檠**弓弩  ，於軒王愛之，

給其衣食。三歲餘，王病，賜武馬畜、**服**

qióng lú

匿、穹廬  。王死後，人眾徙去。其

líng è

冬，**丁令**盜武牛羊，武復窮厄。

於軒王：匈奴的一個親王。 **弋射**：用繩繫在箭上射獵。 **紡繳**：紡製繫在箭尾的絲繩。
檠：矯正弓弩的工具，這裏用作動詞，用檠矯正（弓弩）。 **服匿**：盛酒酪的器皿。
丁令：即丁靈，匈奴族的一支。

（蘇武）拄着漢朝的旄節牧羊，睡覺、起來都拿着，以致繫在旄節上的牦牛尾全部脫盡。一共過了五六年，單于的弟弟於靬王到北海上打獵。蘇武擅長結網和紡製繫在箭尾的絲繩，矯正弓弩，於靬王頗器重他，供給他衣服、食品。（過了）三年多，於靬王得病，賜給蘇武馬匹和牲畜、盛酒酪的器皿、氈帳。於靬王死後，他的部下也都遷離。這年冬天，丁令部落盜去了蘇武的牛羊，蘇武又陷入窮困。

日益精進

穹廬

古代遊牧民族居住的氈帳，也用來泛指北方少數民族。

7

初，武與李陵俱為侍中。武使匈奴，明年，陵降，不敢求武。久之，單于使陵至海上，為武置酒設樂。因謂武曰：「單于聞陵與子卿素厚，故使陵來說足下，虛心欲相待。終不得歸漢，空自苦亡(wú)人之地，信義安所見乎？前長君為奉車，從至雍棫(yù)陽宮，扶輦下**除**，觸柱折轅，**劾**(hé)大不敬，伏劍自刎，賜錢二百萬以葬。

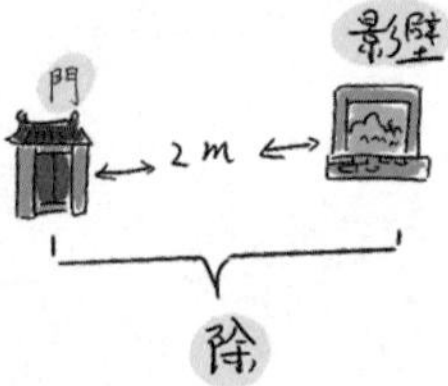

除：門與屏之間的通道。　**劾：**判決。

當初，蘇武與李陵都為侍中。蘇武出使匈奴的第二年，李陵投降匈奴，不敢訪求蘇武。時間久了，單于派遣李陵去北海，為蘇武安排了酒宴和歌舞。（李陵）趁機對蘇武說：「單于聽說我與你交情一向深厚，所以派我來勸說你，願誠心以禮相待。（你）終究不能回歸漢朝了，白白地在荒無人煙的地方受苦，（你對漢廷的）信義又能在哪裏顯示呢？以前你的大哥做奉車都尉，跟隨皇上到雍城的棫陽宮，扶着皇帝的車駕下殿階，（因）撞到柱子折斷了車轅，被判為「大不敬」的罪，（他）用劍自殺了，（只不過）賜錢二百萬用來下葬。

日益精進

大不敬

在封建時代被列為「十惡」中的第六條，意思為不敬天子。這裏的不敬天子，不僅包括了威脅天子的人身安全和不尊重天子的尊嚴地位，還包括盜竊、損壞御用物品等。

孺卿從祠河東后土，宦騎與黃門駙馬爭船，推墮駙馬河中溺死，宦騎亡，詔使孺卿逐捕，不得，惶恐飲藥而死。來時太夫人已不幸，陵送葬至陽陵。子卿婦年少，聞已更(gēng)嫁矣。獨有**女弟**二人，兩女一男，今復十餘年，存亡不可知。人生如朝露，何久自苦如此！陵始降時，忽忽如狂，自痛負漢，加以老母繫保宮。子卿不欲降，何以過陵？

女弟：妹妹。

（你弟弟）孺卿跟隨皇上去祭祀河東地神，（一個）騎馬的宦官與黃門駙馬搶着上船，把駙馬推下去掉到河中淹死了，騎馬的宦官逃走，皇上命令孺卿去追捕，他抓不到，因害怕而服毒自殺。（我）來這兒的時候，你的母親已去世，我送葬到陽陵。你的夫人年紀還輕，聽說已改嫁了。（你）家中只有兩個妹妹，兩個女兒和一個男孩，如今又過了十多年，（他們）生死不知。人生像早晨的露水，何必像這樣長久地折磨自己！我剛投降時，精神恍惚，幾乎要發狂，自己痛心對不起漢廷，加上老母被拘禁在保宮。你不想投降的心情，能超過當時的我嗎？

日益精進

姊妹

「姊」又稱「姐」，與之相對者稱為「妹」。對姊妹的稱謂有「女兄」「女弟」，對姊妹的丈夫稱為「姊婿」「妹婿」，對姊妹的孩子稱為「外甥」「甥女」「外甥女」。

且陛下春秋高，法令亡常，大臣亡罪夷滅者數十家，安危不可知，子卿尚復誰為乎？願聽陵計，勿復有云。」武曰：「武父子亡功德，皆為陛下所成就，位列將，爵通侯，兄弟親近，常願肝腦塗地。今得殺身自**效**，雖蒙斧鉞湯鑊（yuè），誠甘樂之。臣事君，猶子事父也，子為父死，亡所恨，願勿復再言！」

效：貢獻，獻出。

並且皇上年紀大了，法令沒有定規，大臣無罪而全家被殺的有幾十家，（大臣們的）安危不可預料，你還打算為誰（守節）呢？希望（你）聽從我的勸告，不要再說甚麼了。」蘇武說：「我蘇武父子無功勞和恩德，都是皇帝栽培提拔起來的，官職升到列將，爵位封為通侯，兄弟三人都是皇帝的親近之臣，常常願意（為朝廷）犧牲一切。現在得到犧牲自己貢獻國家的機會，即使受到斧鉞和湯鑊這樣的極刑，（我也）心甘情願。大臣侍奉君王，就像兒子侍奉父親，兒子為父親而死，沒有甚麼可遺憾的，希望（你）不要再說了！」

日益精進

斧鉞

古代軍法用以殺人的斧子，也泛指刑戮。

8

陵與武飲數日，復曰：「子卿**壹**聽陵言！」武曰：「自**分**(fèn)  已死久矣！王必欲降武，請畢今日之歡，效死於前！」陵見其至誠，喟然歎曰：「嗟乎，義士！陵與衞律之罪上通於天！」因泣下**沾衿**(zhān jīn)，與武決去。……

壹：一定。　**分：**料想，斷定。　**沾衿：**同「沾襟」，浸濕衣襟。多指傷心落泪。

李陵與蘇武共飲了幾天，又說：「你一定要聽從我的話！」蘇武說：「我料定自己已經是死去的人了！（如果）單于一定要逼迫我投降，那麼就請結束今天的歡樂，讓我死在你的面前！」李陵見蘇武如此忠誠，慨然長歎道：「啊，義士！我李陵與衞律罪行嚴重，無以復加！」於是眼淚直流，浸濕了衣襟，告別蘇武離開。……

日益精進

斟酌

古代形容喝酒的動詞叫斟酌，指往杯盞裏倒酒喝。斟酌還指仔細考慮事情是否可行，文字是否恰當。

9 昭帝即位，數年，匈奴與漢和親。漢求武等，匈奴詭言武死。後漢使復至匈奴，常惠請其守者與俱，得夜見漢使，具自陳道。教使者謂單于，言天子射**上林**中，得雁，足有繫帛書，言武等在某澤中。使者大喜，如惠語以**讓**單于。單于視左右而驚，謝漢使曰：「武等實在。」……

上林：上林苑，皇帝遊獵的場所，在長安西，方圓三百里。　**讓：**責備。

漢昭帝登位，幾年後，匈奴和漢和好結親。漢廷尋求蘇武等人，匈奴撒謊說蘇武已死。後來漢使者又到匈奴，常惠請求看守他的人同他一起去，在夜晚見到了漢使者，自己詳細地陳說（這些年的情況）。（他）告訴漢使者，要他對單于說，天子在上林苑中射獵，射得一隻大雁，腳上繫着帛書，（上面）說蘇武等人在荒澤中。漢使者萬分高興，按照常惠所教的話去責備單于。單于看着身邊的人十分驚訝，對漢使懷有歉意地說：「蘇武等人的確還活着。」……

日益精進

上林苑

漢代園林建築，既是风景優美、宮室華麗的皇家園林，又是供皇帝射獵的地方。

⑩ 單于召會武官屬，前**以**降及物故，凡隨武還者九人。武以始元六年春至京師。……武留匈奴凡十九歲，始以強壯出，及還(huán)，鬚髮盡白。

以：同「已」，已經。

單于召集蘇武的部下，除了以前已經投降和死亡的，跟隨蘇武回來的共有九人。蘇武於漢昭帝始元六年春回到長安。……蘇武被扣在匈奴共十九年，當初壯年出使，等到回來，鬍鬚頭髮全都白了。

日益精進

蘇家三兄弟

蘇家兄弟三人都是皇上的親近之臣。蘇武的大哥蘇嘉做過奉車都尉，弟弟蘇賢做過騎都尉，蘇武出使前也是郎官，都是皇帝的侍從官。

普通話朗讀

淝水之戰

司馬光　《資治通鑑》

姓名　司馬光

別稱　字君實，號迂叟，謚號文正，別稱司馬溫公、涑水先生

出生地　陝州夏縣（山西省夏縣）

生卒年　公元 1019—1086 年

史學達人

主持編寫《資治通鑑》，中國第一部編年體通史

書法大咖

善正書、隸書，黃庭堅讚其「隸法極端勁，似其為人」

私家圖書館館長

家藏書富，買田 20 畝，建「獨樂園」，藏文史書籍萬餘卷

生命指數

68 歲

從砸缸到《權力的遊戲》

司馬光，七歲時砸缸救友，這個場景永遠定格在歷史故事裏，從此那個聰明的小男孩在中國人的記憶裏便不再老去。

很難有人把這個孩子與後來的北宋丞相聯想在一起，直到他四十八歲，開始編纂我國第一部編年體通史巨著《資治通鑑》── 中國古代版《權力的遊戲》。該書猶如長長的畫卷，以時間為坐標，一位位君王，一個個朝代，一場場戰爭，在人們眼前徐徐展開，家國興衰、人物起落躍然紙上。全書內容縱貫一千三百六十二年間的歷史，涵蓋十六朝，三百多萬字，歷時十九年寫成。據説編纂完成時，草稿堆了整整兩間屋子。

九百多年過去了，我們似乎理解了那個男孩，砸缸也許是偶然，但成書確是必然。

❶ （太元八年七月）秦王堅下詔大舉**入寇**，民每十丁遣一兵；其**良家子**年二十已下，有材勇者皆拜羽林郎。又曰：「其以司馬昌明為尚書左僕射，謝安為吏部尚書，桓(huán)沖為侍中；勢還不遠，可先為起第。」良家子至者三萬餘騎，拜秦州主簿金城趙盛之為少年都統。是時，朝臣皆不欲堅行，獨慕容垂、姚萇(cháng)及良家子勸之。

入寇：侵入東晉。　**良家子**：出身清白的子女。

太元八年（公元 383 年）七月，秦王苻（fú）堅下詔大舉發兵入侵東晉，百姓每十名成年男子中徵發一人當兵；出身清白的子弟二十歲以下勇武有力的，都被任命為羽林郎。又說：「（勝利以後）要用（東晉皇帝）司馬昌明為尚書左僕射，（宰相）謝安為吏部尚書，（車騎將軍）桓沖為侍中；想來也是很快的事了，可以先為（他們）起好宅第。」出身清白的子弟應徵而來的有三萬多人馬，（秦王）任命（當時的）秦州主簿金城趙盛之為少年都統（統領這些人）。當時，朝臣都不想讓苻堅南下，只有慕容垂、姚萇和（那些）出身清白的子弟支持他。

日益精進

苻堅

十六國時期前秦的第三位國君。誅殺暴君後繼位，在位期間勵精圖治，實行漢化改革，使國勢大盛。建元十九年（公元 383 年），發動淝水之戰，意圖消滅東晉結束亂世。終敗，前秦社會陷入混亂。

陽平公融言於堅曰：「鮮卑、羌虜，我之

仇讎（chóu），常思風塵之變以逞其

志，所陳策畫，何可從也！良家少年皆富饒

子弟，不**閒**軍旅，苟為**諂諛**（chǎn yú）之言

以**會**陛下之意耳。今陛下信而用之，輕舉大

事，臣恐功既不成，仍有後患，悔無及也！」

堅不聽。

仇讎：仇敵。　**閒**：同「嫻」。熟悉，精通。　**諂諛**：奉承拍馬。　**會**：迎合。

陽平公苻融對苻堅説：「鮮卑、羌虜，是我們的仇敵，(他們) 總想着發生變故來實現他們的志向，(他們) 所説的策略怎麼能聽！良家少年都是富家子弟，不熟悉軍旅之事，只會説些阿諛奉承的話迎合陛下的心意。如今陛下相信重用他們，輕率地採取重大行動，我擔心不僅不能成功，還會有後患，(到時候) 悔之不及。」苻堅不聽。

日益精進

慕容垂、姚萇

慕容垂，鮮卑族人，是前燕皇帝慕容皝的第五子，後投降前秦，很受苻堅的寵信。淝水之戰後，慕容垂背叛前秦，公元 384 年建立後燕。

姚萇，羌族人，曾跟隨哥哥姚襄抵抗前秦，兵敗後投降，成為苻堅的部將。淝水之戰後，姚萇建立後秦。

2 （八月）甲子，堅發長安，**戎卒**六十餘萬，騎二十七萬，旗鼓相望，前後千里。九月，堅至項城，凉州之兵始達咸陽，蜀、漢之兵方順流而下，幽、冀之兵至於彭城，東西萬里，水陸齊進，**運漕**萬艘。陽平公融等兵三十萬，先至潁口。

3 是時，秦兵既盛，都下震恐。

戎卒：兵士。　**運漕：**本意是由水路運糧，此指出動運輸的船隻。

(八月）甲子，苻堅從長安出發，有步兵六十餘萬，騎兵二十七萬，旗鼓相望，前後綿延千里。九月，苻堅到達項城，而涼州的軍隊才到達咸陽，蜀、漢的軍隊正沿長江順流而下，幽州、冀州的軍隊到達彭城，東西萬里之內，水陸並進，出動運輸的船隻數以萬計。陽平公苻融等率兵三十萬，率先到達潁口。

當時，秦兵聲勢浩大，建康人心惶惶。

日益精進

漕運

一種利用水道調運糧食的運輸方式。漕運起源很早，秦始皇北征匈奴，曾自山東沿海一帶運軍糧抵於北河。漢代建都長安，每年都將從黃河流域所徵的糧食運往關中。宋代以前皆用民運，元代開始用軍運，清代為官收官兌。

4 冬，十月，秦陽平公融等攻壽陽；癸酉，克之，執平虜將軍徐元喜等。融以其參軍河南郭褒為淮南太守。慕容垂**拔**鄖(yún)城。胡彬聞壽陽陷，退保硤(xiá)石，融進攻之。秦衛將軍梁成等帥眾五萬屯於洛澗(jiàn)，**柵**(zhà)淮以**遏**(è)東兵。謝石、謝玄等去洛澗二十五里而軍，憚(dàn)成，不敢進。胡彬糧盡，潛遣使告石等曰：「今賊盛，糧盡，恐不復見大軍！」

拔：攻克。　**柵**：動詞，用竹、木、鐵條等做成阻攔或防衛物。　**遏**：阻攔，阻擋。

冬，十月，前秦陽平公苻融等攻打壽陽；癸酉，（他們）攻入城中，俘虜了（東晉）平虜將軍徐元喜等人。苻融任命他的參軍河南郭褒為淮南太守。慕容垂攻克鄖城。（東晉）胡彬聽說壽陽陷落，退守硤石，苻融繼續進攻。前秦衛將軍梁成等率領五萬將士駐紮在洛水，在淮河上設立柵欄以阻止東晉的援軍。謝石、謝玄等在離洛水二十五里的地方紮營，（因為）害怕梁成，不敢進兵。胡彬糧草將要用盡，暗中派人告訴謝石等人說：「現在秦軍聲勢浩大，（我一旦）沒有了糧草，恐怕就不能再見到大部隊了！」

日益精進

參軍

「參謀軍務」的簡稱，東漢末始有，起初為車騎將軍僚屬，曹操時為丞相僚屬，其後至南北朝地位漸低，成為諸王、將軍的幕僚，隋唐以後逐漸成為地方官員。

秦人獲之，送於陽平公融。融馳使白秦王堅曰：「賊少易擒，但恐逃去，宜速赴之！」堅乃留大軍於項城，引輕騎八千，**兼道**就融於壽陽。遣尚書朱序來説謝石等以「強弱異勢，不如速降」。序私謂石等曰：「若秦百萬之眾盡至，誠難與為敵。今乘諸軍未集，宜速擊之；若敗其前鋒，則彼已奪氣，可遂破也。」

兼道：用加倍的速度趕路。

秦人抓到送信的人，押到陽平公苻融那裏。苻融派人騎馬報告給秦王苻堅，說：「晉軍人少容易抓獲，只怕他們逃走，應當速來！」苻堅於是將大軍留在項城，（自己）帶了八千輕騎兵，日夜兼程，趕往壽陽和苻融會合。（秦人）派尚書朱序去勸降謝石等人，說「（秦）強（晉）弱，力量相差懸殊，不如速速投降」。朱序卻私下對謝石等人說：「如果秦軍百萬之眾全數到達，（晉軍）自然很難與之對抗。現在趁大軍未匯集，應該迅速出擊；如果打敗秦軍前鋒，則秦軍氣勢一泄，就可擊敗他們了。」

日益精進

尚書

官職名，始於戰國齊、秦，西漢延置，最初是掌管文書奏章的官員。隋代開始設置六部，唐代確定六部為吏、戶、禮、兵、刑、工，各部以尚書為長官。

5 石聞堅在壽陽，甚懼，欲不戰以**老**

yǎn
秦師。謝琰勸石從序言。十一月，謝

qū
玄遣廣陵相劉牢之帥精兵五千人趣洛澗，未

至十里，梁成阻澗為**陳**以待之。

yì
牢之直前渡水，擊成，大破之，斬成及弋陽

太守王詠，又分兵斷其**歸津**，秦步騎

崩潰，爭赴淮水，士卒死者萬五千人。執秦

揚州刺史王顯等，盡收其**器械軍實**。

老：使得對方衰竭、疲憊。 **陳：**同「陣」，軍陣。 **歸津：**退路。
器械軍實：軍用器械和糧餉。

謝石聽說苻堅已到壽陽，非常害怕，想要不出戰拖疲秦軍。謝琰勸謝石聽從朱序的話。十一月，謝玄派廣陵相劉牢之率領五千精兵奔赴洛澗，未出十里，梁成就依澗佈好陣勢等待他們。劉牢之徑直向前渡水，攻擊梁成（軍隊），大破秦軍，斬梁成和弋陽太守王詠，又分兵阻斷秦軍的退路。秦軍步兵和騎兵陷入混亂中，爭相渡淮河，士兵死亡了一萬五千人。（劉牢之軍隊）抓到秦揚州刺史王顯等，繳獲他們的武器軍備和糧餉。

日益精進

刺史

官職名，西漢元封五年（公元前 106 年）始置。原為監察官名，東漢以後成為州郡最高軍政長官。唐白居易、柳宗元都曾擔任過刺史。

於是謝石等諸軍水陸繼進。秦王堅與陽平公融登壽陽城望之。見晉兵部陣嚴整，又望見八公山上草木，皆以為晉兵，顧謂融曰：「此亦勁敵，何謂弱也！」**憮然**始有懼色。

6 秦兵逼淝水而陳，晉兵不得渡。謝玄遣使謂陽平公融曰：「君懸軍深入，而置陳逼水，此乃持久之計，非欲速戰者也。若移陳少卻，使晉兵得渡，以決勝負，不亦善乎？」

憮然：悵然失意的樣子。

於是謝石等諸軍從水陸相繼前進。秦王苻堅與陽平公苻融登上壽陽城觀察。見晉兵部陣嚴整，又望見八公山上草木搖動，（苻堅）以為都是晉兵，回頭對苻融說：「（晉軍）也是勁敵，怎麼能說他們弱呀！」（他）悵然若失，開始有畏懼之色。

秦兵在靠近淝水的地方列陣，晉軍就無法渡江。謝玄派使者對陽平公苻融說：「閣下孤軍深入，而靠着河岸列陣，這是作持久戰的打算，不是想要速戰速決。如果閣下能稍稍將兵陣向後移動一下，讓晉兵得以渡河，然後一決勝負，不也是件好事嗎？」

日益精進

淝水

又作肥水，分為二支，一條向西北流，入淮河，另一條向東南流，注入巢湖。淝水為合肥的護城河提供了水源。

秦諸將皆曰：「我眾彼寡，不如遏之，使不得上，可以萬全。」堅曰：「但引兵少卻，使之半渡，我以鐵騎**蹙**而殺之，**蔑**不勝矣！」融亦以為然，遂**麾**兵使卻。秦兵遂退，不可復止，謝玄、謝琰、桓伊等引兵渡水擊之。融**馳騎略陳**，欲以帥退者，馬倒，為晉兵所殺，秦兵遂潰。玄等乘勝追擊，至於青岡。

蹙：逼近，逼迫。 **蔑**：沒有。 **麾**：指揮。 **馳騎略陳**：騎着馬來回奔馳，想要壓住陣腳。

前秦的將領都說：「我們人多他們人少，不如阻止他們，讓（他們）不能渡河，倒是萬全之策。」苻堅說：「（我們）只要引兵稍退，等他們渡河到當中的時候，我軍以鐵騎猛烈衝殺，這樣沒有不勝的！」苻融也認為（他）言之有理，於是指揮秦兵退卻。秦兵於是後退，（可一退）就停不下來，謝玄、謝琰、桓伊等立刻帶兵渡河追擊。苻融騎馬來回奔馳壓陣，想要指揮後退的士兵，（但是）馬被絆倒，（他）被晉兵所殺，秦兵於是潰敗。謝玄等乘勝追擊，到了青岡。

日益精進

麾

古代用以指揮軍隊的旗幟。麾旗，即為指揮旗。麾下，敬語，意指將旗之下。

秦兵大敗，自相**蹈藉**(jí)而死者，蔽野塞川。其走者聞**風聲鶴唳**(lì)，皆以為晉兵且至，晝夜不敢息，草行露宿，重以飢凍，死者什七八。初，秦兵小卻，朱序在陳後呼曰：「秦兵敗矣！」眾遂大奔。序因與張天錫、徐元喜皆來奔。獲秦王堅所乘雲母車及儀服器械、軍資、珍寶、畜產不可勝計，復取壽陽，執其淮南太守郭褒。

蹈藉：踐踏。 **風聲鶴唳**：形容驚慌失措，或自相驚擾。唳，鶴叫聲。

秦兵大敗，自相踐踏而死的人佈滿田野山川。逃走的士兵聽見風聲和鶴鳴，都以為晉兵就要追來了，（以致於）晝夜不敢停下來休息，在草叢中穿行、露宿，加上飢寒交迫，死的人十有七八。起初秦兵稍作退卻時，朱序就在陣後高呼：「秦兵敗啦！」於是秦軍潰散。朱序藉機和張天錫、徐元喜一起（向東晉）奔來。（晉軍）繳獲秦王苻堅所乘雲母車及軍服儀仗、武器軍備、珍寶畜產不可勝數，又收復壽陽，抓獲前秦淮南太守郭褒。

日益精進

太守

官職名，又稱「郡守」，為一郡最高行政長官。著《後漢書》的南朝史學家范曄曾任太守。

⑦ 堅中流矢(shǐ)，單騎走至淮北，飢甚，民有進**壺飧**(sūn)、**豚髀**(tún bì)者，堅食之，賜帛十匹，綿十斤。辭曰：「陛下厭苦安樂，自取危困。臣為陛下子，陛下為臣父，安有子飼其父而求報乎？」弗顧而去。堅謂張夫人曰：「吾今復何面目治天下乎！」**潸**(shān)**然流涕**。

壺飧：一壺水泡飯。飧，晚飯，飯食。　**豚髀：**豬腿。　**潸然流涕：**傷心流泪的樣子。

苻堅中了箭，單人獨騎逃到淮北，很餓，百姓進獻了一壺水泡飯、豬腿，苻堅吃了以後，賞賜（他）帛十匹，綿十斤。（獻食者）推辭說：「陛下不肯安於逸樂，（冒險征伐東晉）自取困苦。臣民是陛下之子，陛下是臣民的君父，哪有兒子給父親飯吃還求回報的？」便頭也不回地離去。苻堅對張夫人說：「我還有甚麼面目再治理天下呀！」（他）悲傷地流下了眼淚。

日益精進

朱序

出生於名將世家，太元二年（公元 377 年）出任梁州刺史，鎮守襄陽。前秦軍隊攻城時，他固守城中，後因部將叛變，城破被俘，被苻堅任命為尚書。淝水之戰中，朱序幫助東晉打敗前秦，戰後回到東晉。

普通話朗讀